学生と読む『三四郎』

石原千秋

新潮選書

学生と読む『三四郎』　目次

はじめに

最近の大学生は勉強しなくなったと言われはじめてから、もうどのくらいの年月が経つだろう。僕は「学生が勉強しなくなった」という見方は、半分当たっていて、半分はずれていると思う。いまの学生は、僕たちの時代とは、勉強する場所が違ってきているのではないかと思っている。

一九五〇年代生まれの僕たちの世代までは、学生は教室の外で勉強するものと相場が決まっていた。文学部（正確には、文芸学部）の学生だった僕は、喫茶店に行っても、飲み屋に行っても、文学の話ばかりしていた。たとえば、友達が「処女であり、生気にあふれ、美しい　今日……」などと呟く。その時に「ああ、マラルメだね」とすぐに答えられなければ、もう対等な「仲間」だとは見なして貰えなかった。そうやって、友達同士がお互いを厳しく値踏みし合っていた。

それに、ちょうど構造主義が入ってきたころで、ロラン・バルトやレヴィ＝ストロースなどを滅茶苦茶な読み方で読んでいた。ところが国文系の教員はそういう本にはまったく無関心だったから、僕たちははなっから相手にしていなかった。そこで、ますます教室の外で勉強することになった。そのくらい、生意気だった。

そのためには虚勢も張った。その頃の図書館はカード方式で、本の裏表紙のカードに借りた人の名前を書き込むようになっていたから、とにかく僕の名前をカードに残すためだけにできるだけ多くの本を借りたりもした。実際みごとに引っかかるのがいて、「おまえ、あんな本まで読んでるのかよ」と感心されたこともあった。と言うことは、どうやらみんな同じ様なことをやっていたのかもしれない。

ところが、いまは違う。多くの学生にとって、大学は高校や予備校の延長であって、勉強は教室でするものらしいのだ。なにしろ、多くの学生は自分を「生徒」と言うのである。自分が「学生」になったという自覚さえないのだ。だから、僕たちの世代には想像もできないことだが、大学の教師に何かを「期待」しているらしいのである。そこで、少なくとも教室だけでは、以前よりもよく勉強するようになったのだ。多くの教師が一時期はずい分悩まされた学生たちの私語も、いまは激減した。

何事も教室だけで学ぼうとするから、授業でわからないことがあれば、その日のうちに質問に来て、教師から「答え」を得て安心しようとする。自分で調べ、考えて解決しようとはしない。そういうプライドを持ち合わせていないのだ。（もちろん、授業後にすぐ質問して貰った方が助かるケースも少なくないが、いまの学生にはその判断がうまくできないらしいのだ。）そして、もし大学の教師が彼らの「期待」に応えられなければ、彼らは失望し、そしてまったく勉強しなくなる。僕はそういう学生をたくさん見てきた。

教室だけでしか勉強しない学生は、「優秀」には見えるかもしれない。しかし、教室の外で勉強しなくなった学生たちは、「教養」がないように見えてしまう。一方、教室に失望した学生たちは、どこでも勉強しなくなる。これが現状である以上、僕たち大学教師はまず教室で学生の

「期待」にきちんと応えられなければならない。いい加減な授業をしている場合ではないのである。その上で、僕は「このくらいの本を自分で探して読んでいなければ、大学生とは言えないぞ」と言っては、しばしば授業中に学生を挑発する。勉強は教室の外でもするものだと、教えてやらなければならなくなったのである。それが、大学の「いま」なのだ。

僕がこの本で書こうと思ったのは、こういう「いまどきの大学生」と共に学んだ記録である。舞台は成城大学。現在の成城大学は、ごくふつうの大学生が通う大学だ。彼らが「ふつう」になるためには、それまでに少なくとも一二年間の学校生活を必要としている。本を読みすぎて受験勉強をサボったから「ふつう」になった学生もいれば、懸命に受験勉強をして何とか「ふつう」になった学生もいる。遊びすぎて「ふつう」になった学生もいれば、ふつうに勉強して「ふつう」になった学生もいる。彼らは、様々な過去を抱えて「ふつう」の学生になったのだ。

そういう学生たちを前にして最もしてはいけないことは、「能力がない」とか「才能がない」と思い込んでしまうことだ。医者が「余命何ヶ月」とわかってしまうように、大学教師にも「この学生はここまでかな」と「わかって」しまうことがある。しかし、一人一人の学生が様々な過去を抱えて「ふつう」になったことを思えば、もしかするとまだ伸びる可能性を秘めているかもしれないのだ。教師は「神」ではないのだから、そういう可能性までは見通せない。だから、僕は「ふつう」の学生を鍛え上げることは、成城大学の教員の義務だと思っていた。

幸い、成城大学の学生は自分たちが「ふつう」だと思う自意識を持っていたので、そして自分たちが「ふつう」であることに満足していなかったので、僕のハードなアタックを受け止めてくれた。そういう学生が毎年何名かは必ず出てきてくれた。国文学科の教員としての僕が最も重視したのは、「ふつうの学生が、知的な文章を書けるようにすること」だった。そこで、この本には学生のレポートをそのまま収録した。「ふつう」の学生が一年間でどんな風に変わっていくのか、その記録として読んでいただけたらと思ったのだ。

もう一つ僕がこの本で書きたかったのは、「いまどきの大学教員」とはどういう存在かということだ。いま日本には大学教員が十数万人いる。日本の人口比にして、約千人に一人の割合だ。それが多いのか少ないのかはよくわからない。ただはっきりわかるのは、世間には大学教員の生態がよく知られていないらしいということである。

大学教員もサラリーマンには違いないが、ちょっとズレたサラリーマンであるようだ。しかし、どういう風にズレているのかはよく知られていないらしい。そこで、その生態を知ってもらおうというのが、本書を書いたもう一つの目的である。大学教員に対する「誤解」と「偏見」を解いていただければ、幸いだと思っている。もちろん、その結果「やっぱりヘンだ」と思っていただいてもかまわない。実態を知らないで「ヘンだ」と思ってほしくなかったということなのである。

ところで、僕の知る限り、国語教育の「実践報告」の類の多くは、どうやら子供たちの許可を取らずにその「作文」を活字にしてしまっているようだ。これは、端的に言って著作権の侵害である。教師の教育実践を報告する文章が、子供の人権を無視して成り立っているのは、僕には欺瞞ではないかと思われた。また、「実践報告」には教師がその「作文」に何点をつけたのかが、報告されていない。「こんな作文に高い点数をつけるなんて、レベルの低いクラスだな」とか、「こんなすぐれた作文に低い点をつけるなんて、この教師の目は節穴だな」とか、もし点数が公開されていたら、読者は様々な感想を持つはずだ。「作文」に点数を付けることは、実は教師が試されることなのである。その肝心な部分を明かさない「実践報告」も、僕には欺瞞ではないかと思われた。

そこで、僕は授業のはじめに、この授業が僕の手によって本になるかもしれないこと、その場合には学生諸君のレポートのいくつかをほぼそのまま収録させてもらうことを話した。そして、一人でもそれを拒否する学生がいれば、僕はその本を書かないと伝えた。幸い、全員が快く承諾してくれた。さらに、僕が彼らのレポートに何点をつけたのかもきちんと報告した。点数を付けることは、教師にとって「業」とも言える仕事だが、それが避けられない以上、僕は点数を付けることを教育の手段として最大限に利用した。どんな風に「利用」したのかを「報告」しなければ、「実践報告」としては不完全だと考えたのである。

ただし、この本の書き方は当世大学事情がわかるように「物語」仕立てにしたところもある。そこで、学生の名前は仮名にしてあるし、事実の配置を変えて書いたところもある。学生のレポートに手を入れて形式や文章をととのえたところもある。つまり、この本に書かれてあることは「限りなく事実に近いフィクション」だということである。

舞台に成城大学を選んだのには、僕の個人的な想いがある。

成城大学大学院を中退した僕は、同じ世田谷区にある短期大学に一〇年間勤めた後、成城大学に専任教員としてやはり一〇年間勤めた。そして、その後に早稲田大学に移った。成城大学は僕の母校だから、成城大学での一〇年間には特別な想いが詰まっている。いまその一部を記録として残しておくことで、その特別な想いに一つのけじめを付けておきたいと思ったのである。この本を書くことは、僕が成城大学で専任教員として過ごした時間にとっても、これから早稲田大学の専任教員として過ごしていく時間のためにも、是非とも必要な仕事だったのだ。

そしてこの本を書くことは、僕が成城大学で専任教員として過ごした最後の学生たちとの「約束」なのだった。いま、ようやくそれを果たすことができた。

学生と読む『三四郎』

第一章　今年も新学期が始まった

新学期はやっぱり桜だ

二〇〇二年四月五日、その年も成城大学の入学式の日が来た。晴れ上がった空を見上げながら、最寄りの小田急線成城学園前駅から三分ほどの道のりを、この特別な日だけに体の中から沸き上がってくる不思議な感覚を確かめながら歩いた。成城の町は、桜並木の中にある。だから、年によって多少の差はあるが、入学式の日にはたいていはらはらと散っていく桜の木の下を歩いていくことになるのだった。

成城と言えば、いまでは渋谷区松濤、大田区田園調布と並んで都内屈指の高級住宅街として有名だ。しかしもともとは成城の地は、大正の終わりに成城学園が広い土地を求めて新宿区牛込から引っ越して来たのが始まりである。その頃はまだこのあたりは砧村と言って、荒涼としていた。成城の町は、学園がその内のかなりの部分を宅地造成して売り出して作られた、郊外の住宅地として出発したのである。新興の中流階層に「理想の郊外生活」がもてはやされていた時期だったから、それが当たったのである。

その不動産事業から得た収益を元手に開学したのが、いまの成城学園である。すぐ近くに小田急線が開通したのは昭和のはじめである。だから、駅名が「成城学園前」となるのはごく自然の成り行きだった。億単位のお金を積んで駅名を買った大学とは格が違う。成城は、学園も町も駅も同じ歴史を歩んできたのだ。

その町の東の端に位置して、幼稚園から大学までが一つのキャンパスの中にすっぽり収まった小さな学園が、成城学園だ。学園全体で児童・生徒・学生数約七千人、大学だけだと約五千人の学生数。教職員も学園全体で四百人ちょっと。教員同士もアットホームな雰囲気で、学生と教員との関係もフレンドリーな校風を保ち続けている不思議な学園だ。僕が大学に在学していた頃は、成城が七年制の旧制高等学校だった時代から教壇に立っておられた先生がまだ何名かおられたが、どの先生も成城はその時代から同じような雰囲気を持っていたと話しておられたものだ。創立以来の校風がいまも保たれているのである。

学園全体が小さくまとまっていて、教職員の人間関係も穏やかな成城は、多くの教員にとっても好もしい職場だった。一教員でいる限りは、ほかの大学と比べてもかなりのゆとりがあった。出勤は会議日を含めて三日、持ちコマ数は九〇分の授業が五コマというのが、ほぼ守られていた。しかも、一教員が校務で振り回されて疲弊するような状況ではまったくなかった。給料は私立大学としては安い方だったが、時間を買ったと思えば納得できるレベルだった。

成城の町に住んで、徒歩や自転車で通勤してくる教職員が多いのも、成城学園の特徴かもしれない。僕もそれを夢見ていたが、残念なことに宝くじが当たらなかった。大学教員の給料で成城に家が持てないことは言うまでもない。彼らは、代々成城の町に住んでいた人たちだ。

学生から見ても、一度も教員と一対一で話さないまま卒業するのが当たり前になっているようなマンモス大学より、どれだけ充実した学生生活が送れるかわからない。成城大学では、ごく当たり前に教員と学生とがコミュニケーションを取っていた。もっとくだけた言い方をすれば、成城大学では教員と学生が「茶飲み話」をするのがごく日常的な光景だったのである。

それに、とにかく東京二三区内にある。世田谷区の西のはずれで、もうあと一キロほどで調布市や狛江市にこぼれ落ちてしまいそうな位置ではあっても（調布や狛江側から見ると、成城は坂の上にある）、とにかく二三区内なのだ。神奈川県までは、小田急線で駅四つ。何とか東京二三区内の大学に通いたくて、神奈川県の高校から成城大学を選んだ学生も少なくない。

創られた成城の桜

そんな町の中を、気分だけは成城の住人のように歩いていった。聞いてみると、どうやらどの教員も同じものらしい。新学期になると、どこかしらウキウキした気分になるものなのだ。これは、実に不思議な現象だと言える。

新学期と言っても、事実としてはほんの半月ほど前に卒業式を終えたばかりなのだ。どうして、この短い期間に心の切り替えができてしまうものなのだろうか。同じ長期休暇ならば、入試や会議のほとんど入らない夏休み明けの方がリフレッシュの度合いは高いはずなのだ。ところが、夏休み明けはなぜかどこかしら重い気分で迎えることの方が多い。

出会いということへのある種の幻想があることは否定できないようだ。今年の新入生はどんな顔つきをしているだろう、そう考えるだけで何かまったく新しいことが始まるような錯覚を覚えるのだ。新入生の緊張感が快く伝わって来て、僕たちの心をリフレッシュしてくれるようにも感じる。長く教員生活を送っていると、一年一年は所詮は繰り返しにすぎないという感想を持つこともある。しかしそういう日常的な感覚さえもが、この時期だけは跡形もなく消え去ってしまうのだ。大学では、教員に日常的な感覚が戻ってくるのは、ようやく連休明けからである。

もう一つの要因は、季節の魔術だろうか。半月前の卒業式の日には、まだコートが必要だった。ところが、わずか半月の間にぐんと気温が上がって、コートがいらなくなる。そして、桜が咲く。学園のグランドの桜も豪華絢爛という言葉がピッタリだ。僕は入学式の日に新入生に話をする機会があるときには、グランドに回って、桜を見て帰るようにと必ず話すことにしていた。「入学式はやっぱり桜だ！」と言ったら、東北地方出身の教員に「それは関東地方だけの季節感でしょう」と叱られてしまったことがある。なるほど、南北に長い日本列島では、桜前線がちょうど入学式と重なるのは関東地方だけかもしれない。それでも、すでに身に付いてしまったこの感覚をいまさら否定することはできそうにもない。

最近流行の桜スタディーズによれば、桜がこんな風にナショナリズムと手を組んだのは、長く見積もっても百年より短い程度の歴史しか持たないらしい。当たり前の話である。江戸時代までの庶民には「日本」という概念自体がほとんどなかったからである。でも、まぁそれはそれでいい。「伝統」が「自然」ではなく「文化」である以上は、どんな「伝統」だって歴史上のいずれかの時点で「創られた」ものなのだから、百年しかない「伝統」でもかまわない。ただ、そういうことを知っておくことはやはり知性の仕事だと言っておきたい。

この成城の町の桜にしてからが、その頃この地域の地主だった、僕の大学時代の友人の「おじいちゃん」が植えたものなそうな。「成城石井」という高級食材を中心に扱うスーパーも、その一族が始めたものだ。つまり、成城学園の「入学式の桜」も、もとをたどれば「石井のおじいちゃん」が「創った」ことになる。これが成城の桜スタディーズ。なんだか、急にありがたみが薄れてくるような話だ。

成城大学の入学式は品がいい

成城大学の入学式は、派手でもなく地味でもなく、それなりに品よく粛々と進行する。文化部のレストロ・アルモニコ管弦楽団の演奏で、新入生を学園内の五〇周年記念講堂に迎える。そして、その年の入学者の人数の確認を終えてから、学長や学園長の話に入る。それを受けて、新入生の「誓いの言葉」みたいなのがあって、校歌斉唱を試みて（新入生は、もちろん「クチパクだ）、全体が終了する。ざっと一時間弱程度だろうか。

この日も前日の練習通り、滞りなく終えることができた。新入生の誓いの言葉は、学園高校からの内部進学者の中から高校が推薦した学生が担当する。変な文章だとみっともないので、文章だけ事前に見ておく。もちろん、内容面はいっさいチェックしない。前日の練習には『JJ』のモデルのようないでたちで現れた学生も（成城では高校から大学まで、女性誌のモデルは珍しい存在ではない）、この日ばかりは地味なスーツを着て緊張の面もちだった。それも、今年は上手くできた。

このところ頭を痛めているのは、同伴する保護者の数が年々増えてきて、五〇周年記念講堂に収容しきれなくなってきたことだ。卒業式も同じ状況である。どこの大学でも同じ悩みを抱えているると言う。成城大学では数年の内に短期大学を四年制の新学部に改組して全体が四学部体制になるので、そうなればいまは経済学部、文芸学部、法学部の全三学部が一緒に行っている入学式や卒業式を、二学部ずつ分けて行うようにしようと計画していた。

しかし、その日は僕には訪れなかった。二〇〇二年四月五日は、僕にとって成城大学での最後の入学式となったからである。翌二〇〇三年の四月には、僕は早稲田大学教育学部の教員になっていたのである。もちろん、その時はそんなことは夢にも思っていなかった。ただ、晴れ上がった空に、いつものように桜がきれいに映えていただけだった。実はこの十数年、入学式には出なくても、成城の花見だけは一度も欠かしたことがなかった。春になると、成城の町と開かれた成城学園のキャンパスを家族三人で、あるいは家内と二人で、いつも歩いた。それは、いまでもかわらない春の行事の一つだ。

うっかり教務部長になってしまった話

ところで、どうして僕が前日の練習に参加していたのか、「誓いの言葉」の文章を事前にチェックしたのか、保護者を収容できるかどうかという大学レベルの問題に頭を痛めているのか、不思議に思う読者も少なくないだろう。大学事情に詳しければ、そもそも大学の教員全員が入学式に出席するものだろうかと、訝っても不思議ではない。

そうなのだ。そこが問題なのだ。実は、学内の妙な力学のせいで、僕は二〇〇〇年四月から大学の教務部長という役職に就いていたのだ。入学式、卒業式はその教務部の所管なのである。そうでなければ、入学式の日は欠席、卒業式の日も式には出なかっただろう。どちらも、出たい教員だけが出る慣例なのだ。

教務部長になってほしいということは、ずいぶん急に言われた。それまで教務部長を勤めていた教員が新学部の設置準備室長になるので、教務部長を辞めることになった。そこで、次の教務部長は同じ文芸学部からというので、もう二月になってから言われたのだ。僕は大学の教員もサラリーマンなのだから、上司に言われた仕事は、法律違反やこちらが受けられない状態でない限り引き受けるのが筋だと考えていたので、深く考えもせずに引き受けてしまった。そうしたら、後で親しい同僚に「どうして断らなかったのか」となじられてしまった。単に僕が無知だったのか、どうやら大学の教員はこういうときには断る自由があるものらしい。

ここが同じサラリーマンと言っても、会社員とはたぶん決定的に違うところだ。最近は「長」になりたがらないサラリーマンが増えて来たと聞くが、それでも大学の教員ほどではないだろう。大学の教員は基本的に「長」にはなりたがらないものなのである。なぜなら、「研究」する時間が奪われてしまうからである。だから「長」になって「おめでとう」などと言われることは、まずない。中には「長」になりたがる人もいないではないが、そういう教員は「学内政治家」として、心ある教員からは軽んじられるのがふつうだ。そう言えばこれは学会でも同様で、「長」になりたがるのは二流の研究者と相場が決まっている。そう、その時の僕はとんだ勘違いをしていたのだ。

その上に、その時の僕はもう一つ大きな判断ミスを犯していた。自分が「長」に向いていないということに十分に気づいていなかったのだ。「長」の仕事は何かを決断することにあるが、それが最後まで大きなストレスだった。しかも、教務部長は学内の教育に関するあらゆる事柄に関係する。日常的な仕事のほかに、全部で一五種類ほどの会議に出なければならないとびきりの激務が待っていたのだった。ほかの部長と比べても、明らかに「損」な部長だった。

結局、僕が教務部長を勤めた三年間は、僕にとってはもちろん、教務部にとっても、成城大学にとっても大きな損失だったと言わざるを得ない。個人的には貴重な体験だったことは否定しないが、やはり健康を損ねて、慢性の病気を悪化させたようだった。白髪も一気に増えた。体も心も痛めた。僕には一教員でいることが、一番似合っているようだ。

フレッシュマン・キャンプ

文芸学部には、入学式から授業開講までの間に、フレッシュマン・キャンプという行事がある。これは元を正せば遠く学園紛争の時期に始まったもので、「殴られる前に手なずけてしまえ」という発想からできた行事だそうだ。ところが、いまは学生は大人しくなったし、泊まりがけのガイダンスもめんどくさい。経済学部や法学部は、とうの昔に「お泊まり保育はもう止めよう」と、中止してしまった。

文芸学部でも何度か打ち切りの話が出たのだが、そのたびに宴会好きの教員が屁理屈をこねていまだに存続している。なにしろ彼らに言わせると、フレッシュマン・キャンプをやらないと学生が友達を作れないのだそうだ。それなら経済学部や法学部の学生は友達がいなくて困っていそうなものだが、そういう話は聞いたことがない。

ある学部長が本気で止めようとしたら、英文学科が学生にアンケートを取っていて、「「大変よかった」と「よかった」を合わせると七割になる」と主張して、継続が決まったこともある。まぁ、学生に好評なのは事実らしい。告白すると、僕も遥か昔の新入生時代に参加して、なるほど「友達」らしきものができて、それなりに楽しかった記憶がある。人間、立場が変わると意見も変わるものである。

教務部長になってからは、文芸学部がフレッシュマン・キャンプに出かけていなくなることを前提に、学内でのガイダンスの日程や場所を組んでいることを知った。考えてみれば当然の話である。広い教室が不足している成城大学では、人数が一番多い文芸学部がフレッシュマン・キャンプに出かけないと、他の学部がガイダンスを行う場所がなくなってしまう状態になっていたのだ。どうやら、新校舎が建つまではあちこちを放浪するしかなさそうだ。

フレッシュマン・キャンプは教員に参加・不参加のアンケートを取る。と言うことは、教員にとっては強制とか義務とかではないということらしい。しかし、だからと言って学科で一人も参加者がいないというわけにもいかない。そこで、国文学科では緩やかなローテーション方式にしたのだった。僕は、教務部長になってからは「学年のはじめは大学でいつ何があるかわからないから、待機していなければなりません」と言って、サボることにした。まったくのホラというわけでもないから、誰も文句は言わなかった。

もっとも、参加したときは大サービスだ。たとえば、数年前の夜のクラス・コンパでの新入生とのやり取り。もちろん、初対面。（コンパとは言え、いまは飲み物はジュースなので、念のため。）

「ねー、ねー。先生、ウッチャンに似てるーッ。」

「なに言ってるんだ。似てるんじゃないよ。俺はウッチャンなんだよ。最近までドーバー海峡横断部にいたから大変だったんだ。その前は、芸能人社交ダンス部だったしさ。」

「エーッ！　先生、「ウリナリ」見てるんですかーッ!?」

「だから、見てないよ。出てたんだってば。ドーバー海峡の時は体にワセリン塗ったりして、結構苦労したんだから。」

「やっぱ、見てるんだーッ！」

「だからさ、見てるんじゃなくって、出てるんだって。」

「キャーッ！」

こんな具合。新入生なのにいきなり「タメグチ」でフレンドリーなのが、成城大学流。こういうところは教員によってかなりの差はあるけれど、校風とは不思議なものだと思わざるを得ない。

ただし、僕はコンパの時と授業の時とではまったく人格が違うから、このイメージで僕の授業を取ると大変なことになる。もっとも、僕は文芸学部で二番目に厳しい教員だという噂が十分に広まっているので、一年生と雖も、そういうミスを犯す学生はあまりいない。必修で僕に当たったらご愁傷様だが、それでもその後四年生のゼミナールまで食らいついてくる学生が、必ず何人かは現れる。だから、教師は辞められない。

ところで、「文芸学部で一番厳しい」という評判の教員は、講義に出ていた学生の話によると、授業中に学生がよそ見をしていただけで激怒して、授業を止めて帰ってしまおうとしたそうだ。ただ、その教員の授業は高度でかつ面白いので、学生の評価はすこぶる高い。その時も、学生が説得して授業を続けさせたのだと言う。また、授業中に寄り目をして枝毛の処理などをしている女子学生がいたときには（実際、たまにそういう学生がいるのだ）、彼女に退場を命じて、カバンその他一切合切を廊下に放り出したそうだ。ここまで来るとちょっと「狂気」が入っている感じである。僕は退場を命じるところまでだ。

科目の履修登録はどうなっているのか

成城大学では、履修登録をするまでの間に、選択授業に関しては「お試し期間」が設けてある。履修したい選択授業に、いくつか顔を出してみることができるのだ。俗に言う「ウィンドー・ショッピング」である。適当にサボる学生も、結構いるようだ。中には必修科目にも出て来ないとぼけた学生がいて、後でお目玉を食らうこともある。特に、一年生には厳しく指導しなければならない。

「君はどうして始まってから二回も続けて休んだんだ？」

「この期間は出なくてもいいと思ってました。」

「授業が始まっていたのは、知っていたんだろう？」

「はい。」

「君は、何を考えているんだ！　いまは「出なくていい」期間じゃないだろう。いろいろな授業に出て、選ぶ期間じゃないか。しかも、はじめから全員が履修することが義務づけられている必修科目に出なくていいはずがないじゃないか。どうやれば「出なくていい」っていう判断になるんだ！」

「……。」

この学生は、その後猛烈に勉強するようになった。そして、結局四年生のゼミまで僕の授業についてきた。卒業論文も「A」を取って卒業していった。最後は「恋愛相談に乗ってほしい」なんて言ってもきた。でも、コンパになると「あの時は、怖かった」なんて、繰り返し言ってたっけ。

成城大学の「ウィンドー・ショッピング」は、なぜか一〇日間ほどだった。そこで、うまくいけば（つまり、曜日によっては）同一時間帯に開講されている授業を、一回ずつ「お試し聴講」

することができる。しかし、一〇日間では曜日によってはそれができない。したがって、学生は当然二週間を要求することになる。

ところが、実はこれは教師側からするとあまりありがたくない制度なのだ。そういう形で学生に「評価」されるのが厭だというのではない。学生が見切りを付けていなくなる場合はそれでいい。ところが、二回目から、あるいは三回目からの参加となった場合に困るのだ。一回目から出ていた学生と差ができてしまうからである。かといって、一回目からの授業をやり直すわけにもいかない。なんとも悩ましい限りなのだ。

しかも、まちがって登録した学生のために訂正期間を設けてあるから、履修登録が完全に終わって名簿が出来上がってくるのが、五月の中旬なのである。講義科目はそれでも大きな問題はないが、演習科目だとその時期まで発表者が決められない場合も出てくる。学生が納得した上で授業に登録できるのはいいことだが、学生に発表の機会を少しでも多く設けたいと思っている教員には、痛し痒しの制度なのである。

そこで、「ウィンドー・ショッピング」は止めてほしいという声もあった。教務部長になってからは、少しでも早く名簿を出してほしいという要望を何度も受けた。しかし、学務課の職員が連休中も出てきて作業を行って、やっと五月の中旬にしか出来上がらないという現実を知ってしまったので、それ以上職員に無理は言えない。あとは「徹夜をして作業をしてくれ」とでも言うしかないのだから。実はその時のシステムがもう古くて、物理的に不可能だったのだ。

成城大学でも、すべての科目を通年ではなく半期（セメスター制と言う）にしようという声は少なくなかった。特に、留学経験のある教員にはそういう意見を持っている人が多かった。きっと、留学中に外国のセメスター制を経験して、いい勉強ができたのだろう。それに、セメスター制にすれば、学生が留学をする場合に大変便宜だ。

ただし、完全セメスター制にすれば「ウィンドー・ショッピング」の期間は取れなくなる。半期一三回ほどの授業のうち、五回か六回くらいまで名簿ができないのでは、とてもでないが授業にならないからである。すべての科目を、授業がはじまる前に登録を終える事前登録制にするしかない。そうなれば、いまでさえ二週間の「ウィンドー・ショッピング」を要求している学生には、まちがいなく不評だろう。

自動登録をめぐるせめぎ合い

セメスター制にすると、履修登録も成績出しも年に二回になる。担当部署である教務部の負担は二倍になる。教務部は、主に履修登録一般と日常の授業の運営に関わる仕事を担当する教務課と、定期試験や成績管理と教職関係の仕事を担当する学務課からなっていた。だから、履修登録の時は教務課に、成績出しの時は学務課に負担がかかる。そこで、教務部長としては「教務部の人員を増やしてくれなくては、セメスター制はできません」と言うしかなかった。

こんな具合に、事情がわかればわかるほど「できません」と言う機会が多くならざるを得なかった。成城大学を改善しようとしているのか、具合の悪い現状を維持しようとしているのか、自分でもわからなくなってくることがあった。いやはや、因果なことである。どういうわけか、成城大学ではこういうセクショナリズムがまかり通っていた。それで、当然やるべき改革がどんどん遅れてしまった面があることは否定できない。一方で、やる必要のない改革をやらなくてすんだ例も少なくはない。

ところで、成城大学のカリキュラムは（どこの大学でも大差ないだろうが）、必ず履修しなければならない「必修科目」と、いくつかの科目の中から履修する科目を選べる「選択必修科目」と、完全に自由に選べる「選択科目」とから構成されていた。このうち、必修科目は卒業までに決められた授業を必ず履修しなければならない。そうであれば、学生が履修登録の手続きをしなくても済む「自動登録」にしてほしいという意見があった。教務部長になってはじめての教務委員会で、経済学部の委員から提案されたのだ。

もっともな意見ではあった。なぜなら、毎年新入生のうち数名が必修科目は手続きが不要だと思い込んで、履修登録をしないミスを犯すからだ。大学によっては、それを恐れて、必修科目を自動登録にしているところも少なくない。しかし、これは先に述べた履修訂正期間に登録すれば済むことだ。それに、大学全体でたった数名の話である。

もっと重要なことは、学生には必修科目を履修しない権利もあるということではないだろうか。これには、消極的な回避と積極的な回避とがある。前者の例は、その年度の必修科目の担当教員が嫌いなので、その年度はこれを回避する場合である。後者の例は、同じ時間帯に開講されている裏番組に是非取りたい科目があるので、そちらを選ぶ場合である。実際文芸学部の学生には、たとえ少数ではあっても、後者の例があるのだ。僕は学生にはこうした二つの権利があるのだから、自動登録はしたくないと譲らなかった。法学部の委員は、深く頷いていた。

かなりの議論になったが、この時は経済学部の委員が折れてくれた。そして、僕が教務部長の間は再びこの議題は持ち出さなかった。こういう点はきちんと仁義を守ってくれた。履修登録の考え方一つにも、学部の個性が表れる。それを「調整」するのが、教務部長の重要な仕事の一つだった。

翌年には職員が僕の意を汲んで、新入生用に履修登録を終えるまでのチャートを作ってくれた。「はじめに必修科目を登録します。次に、選択必修科目を決めて登録します。……」という具合に。「これだけ親切に解説すれば、ミスがなくなって、自動登録の必要はないでしょう」というわけだ。職員も、学生に「大人」であってほしいと願っているのだ。

それでも短大生には必修科目の登録忘れが何件か出た。短大の教員が手取り足取り教えても、もう履修登録の手続きさえまともにできないのだ。それは、全入時代を迎えた短期大学の現状を象徴する現象だった。

「ハロー」で成績が変わってたまるか

学生がその年に取る科目を決める要因はいくつかある。まず時間割。一時限目の科目はやはり不人気だ。そこで文芸学部では、一時限目には意図的に語学科目を入れるようにしていた。これで、学生は厭でもその日は大学に来なければならない。その次に、教員。新学期に学生に配付された成績表を参考にするのだ。それで、どれが楽勝科目でどれが激辛科目かを判断する。学生は、もちろん楽勝科目に流れる。そして、最後に是非取りたい科目が来る。やる気のある学生が、ここで心意気を見せてくれる。

実は、この成績表配付が一問着を引き起こすことがある。ふつうはそういうことはあり得ないのだが、たぶん学生から何か言われたのだろう、「付けまちがえました」と言って訂正をしてくる教員がいるのだ。そういう教員はだいたいご常連で、毎年決まっている。ところが、中にはもっとひどいのがいるのだ。

教務部長になった年の春先のことだ。職員が血相を変えて飛んできた。ある学部のフランス語の外国人教員が、成績を訂正したいと言ってきた。「B」を「A」に変更したいと言うのだ。職員は、一度確定した成績原簿をいじりたくはない。事故が起こる可能性があるからだ。そこで一応理由を聞くと、いま学生が廊下で「ハロー、先生。私の成績はどうしてBなんですか」と言うので、見たらその学生の顔を覚えていたから「A」に変更したいと言うのだ。ばっかじゃなかろか！

僕は強権を発動して、その教員を教務部長室に呼びだした。以下は、英語の堪能な職員に通訳をしてもらったやり取りである。さすがにフランス語ができる職員はいないから、対応は英語でやるしかない。

「あなたが成績を変更したいとおっしゃる理由はなんですか。」

「さっき会ったら、その学生の顔を覚えていたからです。いつも教室の前の方で、熱心に授業を受けていましたから。」

「成績を付けるのには、試験は行ったのですか。」

「はい、行いました。」

「では、その点数に基づいて成績を出したのですね。」

「はい、そうです。」

「その答案用紙と成績表はいまどこにありますか。」

「もうありません。」

「困りましたね。こういうことがあるので、答案用紙と成績表は一年間は保存しておくのが常識ではないでしょうか。とにかく、今回成績を訂正するに当たっては、成績表を確認してはいないのですね。」

「はい、そうです。」

「彼女の試験の点数を覚えているわけでもないのですね。」

「はい、そうです。」

「それで、どうして成績が変更できるのですか。授業を熱心に受けていても、試験の点数が悪いことはいくらでもあるのではないですか。再度確認しますが、成績を付けた段階では答案用紙も成績表もあったのですね。そして、それによってBという成績を付けたのですね。」

「はい。」

「それなら、その時に付けた成績の方が正しいのではありませんか。」

「……。」
「どうなんですか。」
「じゃあ、変更しなくてもいいです。」

こんな具合だ。

どういうわけか、外国人の語学教員にはトラブルメーカーが何人か混じっていた。専任教員も非常勤講師も含めてである。これには、日本人と外国人との感覚の違いというだけでは必ずしも説明が付かないような事例が多かった。ある教員などは、腰痛の持病があるから専任教員の義務である定期試験の監督をしたくないと言い張っていた。それなら、普段の授業はどうしてできるのだろう。学科主任も困り果てていた。だから、僕の偏見ではないと思う。単純な事実である。

不思議に思っていたら、語学教育の専門家ではないただの外国人を、ネイティヴというだけで語学教員として雇うこと自体に問題があるというのが、語学教育の専門家の意見らしい（山田雄一郎『英語教育はなぜ間違うのか』ちくま新書、二〇〇五・二）。

ただし、中国人教員は別である。中国人教員だけは、中国語を世界に広めたいという国家の政策を担っている自負があるから、大変熱心だった。成城大学でも全クラス共通テキストを開発し、専任教員が非常勤教員も巻き込んでチームを組み、誠実でレベルの高い授業を展開していた。そのテキストとシステムのレベルをさらに高めるために、研究に余念がなかった。いつも夜遅くまで研究室の明かりがついていた。複数の教員が知恵を出し合って、教材開発や授業改善策に取り組んでいたのだ。教員の負担はかなりのものだったと思う。当然、学生の評判もよかった。僕は、いつも頭の下がる思いで見ていた。

手痛い失敗

成績表のことでは、手痛い失敗を犯したこともある。

ヨーロッパ文化学科の数人の学生が、教務部に訴えてきたのである。聞くと、あるドイツ語の教員の授業をもう取りたくないから、クラスを変更してほしいというのだ。昨年、その学生たちが次年度にドイツ文化ではなくフランス文化の方を選択するとわかったとたん、彼らを誹謗し始めて耐えられない状態だったという。

「で、授業はそのまま出席し続けたんですか。」
「はい、後期になっても全部出席しました。」
「そうか、じゃあ何とかしてみよう。」

実は、そのドイツ語の教員はいわば「札付き」だったのである。研究業績はまったくないし、授業はデタラメだし、成績の付け方はいい加減というのが、文芸学部での「定評」となっていた。だから、僕は「またやらかした」と思ったのである。そこで、早速ヨーロッパ文化学科の主任に調査と問題の解決を依頼した。

すると、たしかに授業中にかなりの問題発言はあったらしいが、学生は学生で後期はほとんど出席していないと言うではないか。これには驚いて、今度は学生を呼びだした。

「君たちは、後期も全部出席したと、たしかに言ったよね。」

「はい……。」

「でも、出席簿ではほとんど欠席になっているということだよ。」

「……。」

「どうなの？」

「すいません、出席していませんでした。」

「じゃあ、嘘をついたんだね。」

「……。」

学生たちは、小さく頷いた。

幸か不幸か、これ以上のトラブルを避けたいと判断した主任が、学生たちを別のクラスに移籍させる処置を執ってくれたのでこの問題は解決したが、僕には学生に裏切られたという苦い思いがいつまでも残った。

しかし、この経験で僕が学んだことは「学生は時に嘘をつくものだ」ということではない。学生が自分に有利にモノを言いがちだということは、前からわかっていたことだ。教師ならそういう経験を何度かしているものである。僕が学んだのは「トラブルが起きたときには、必ず両者の言い分を聞いてから判断すべきだ」という単純なことにすぎない。僕には、それだけのことができなかったのだ。教務部長としては失格と言うほかない。

教師の中には、学生の言うことをなんでも鵜呑みにして、学生の代弁者のように振る舞う「正義感」に満ちたのがたまにいる。一方で、教師の正しさは絶対と信じて、学生の言い分をはなから受け付けない堅物もいる。どうやら、どちらもまちがっている。これだけのことを身に染みて学ぶのに、僕は新米の教務部長としてずいぶん高い授業料を払ったようだ。

まぁ、春先には毎年こういうことが繰り返されるのである。

第二章　国文学科のカリキュラム

講義科目は準備が大変

いよいよ僕の授業がはじまる時期になった。

成城大学では、部長になると、授業をノルマの五コマから三コマに減らして貰える。僕の場合は大学院も担当しているから、実際には学部が「近代国文学演習Ⅰ」と「ゼミナール」、大学院が「近代文学特殊研究」と「近代文学研究指導」で、結局計四コマになる。それにコマ数計算に入らない学部の卒論指導がプラスされるわけだ。ふだんは、これに学部の授業をもう二コマ（僕の場合は「近代国文学講義」か「文学理論」のどちらかと、「基礎演習」か「基礎ゼミナール」のどちらか）持つのが、成城大学では一般的な持ちコマ数だ。つまり、大学院を担当している場合にはノルマが六コマになるのである。

いずれにせよ、ゼミナール以外はすべて学生が選択する科目なのはありがたい。と言うのは、大学の教員にとって必修科目と選択科目とでは教え易さがまったく違うからである。

必修科目は必ず取らなければならないから、中にはいやいや授業に出てくる学生も少なからず混じってしまう。だから、相対的に教えにくいのだ。しかし選択科目は、たとえどんな理由であれ、学生には「自分が選んだ」という意識があるから、やる気が違うのである。当然教えやすいし、教え甲斐もある。必修科目だと五〇人の講義でも教室を一定の秩序に保つのに疲れることがあるが、選択科目なら一〇〇人の講義でもそれほど気を使わなくて済む。

また、学部二コマの関係で講義科目を担当しなくてもいいのは、教務部長で忙しい身には助かる。講義科目はやはり準備にかなり時間がかかるからである。僕の場合、新しいテーマを話すときには、一コマの準備に半日以上は必要とする。夜型の生活をしているから、準備が終わるのは朝になる。ほとんど徹夜状態で一日の仕事をこなさなければならないことも少なくない。マイナーチェンジ程度の場合でも、前日に二、三時間程の予習は必要だ。

これには、ちょっと笑える話を聞いたことがある。ある学科のベテラン教員が、自分に講義科目を担当させないのはけしからんと駄々をこねて、めでたく講義科目を担当することになった。ところが、彼は講義科目には準備が必要だという単純な事実に気づかなかったらしいのだ。ひと月もしたら音を上げてしまって、「僕には講義の準備ができない」と言って、降りてしまったと言うのである。まだ学期はじめだ。急遽代役を務めた教員には迷惑な話である。ただし、この駄々をこねた教員も「札付き」。入試の採点の真っ最中に「原稿を書くから」とか何とか言って、帰ってしまうのだそうだ。大した研究業績もないのに、いったい何を書いているのやら。

それにしても、ほとんどまったく研究をしない「大学教員」がいることは事実である。研究は大学教員にとって社会的責任の一つのはずだが、中には大学に就職することが人生最大の目標だったのか、職を得たとたんに「上がり」になってしまう「大学教員」もいる。現在大学では、文学系のポストがどんどん削減されている。その結果、十分な研究業績がありながら就職できずにいる若い研究者がたくさん出てしまっているのだ。そんな状況にもかかわらず、研究活動も啓蒙活動も何もしていない「大学教員」を見ると、ほんとうに悲しくなってくる。はっきり言って、大学教員は手抜きをしようと思えばそれがかなりできてしまう職業なのだ。それだけに高いモラルが求められる。大学教員が社会的な責任を果すことは、当然の使命だろう。既得権にあぐらをかいて、「優雅な生活」を送っている姿は決して美しくはない。

でもまぁ、組織というものは所詮どこでもそういうものかもしれないとも思う。できるのが三割、ふつうのが三割、お荷物が三割。そして、分類不明、意味不明のノンジャンル族が一割というところだろう。それならばとできる集団だけを集めても、そのうち必ずこういう比率に落ち着く。一方、お荷物集団だけを集めても結局同じことが起きるだろう。それが、組織というものの魔力だ。

講義科目も生き物だ

僕は講義科目も学生の反応を見ながらやっている。当たり前の話である。具体的には、頷いている学生が多ければそのまま次に進むが、首を傾げている学生が目に入れば、必ず説明を付け加えるか、説明をやり直す。「これ知ってる?」なんて質問をして、知識を確認することもある。ことのついでに、横道に逸れることもしばしばである。それが授業というものであって、学生の反応を見もしないでノートを読み上げるだけというのでは、授業の名に値しない。

だから、講義の準備も一〇〇パーセントはしない。あまりに完璧に準備をしてしまうと、授業中に学生の理解度に合わせた修正ができなくなるからだ。遊びを持たせて、まぁ八〇パーセントの予習というところだろうか。僕は資料プリントの多いプリント魔ではあるけれど、レジュメ（授業内容の要約）は作らない。B５判のレポート用紙一、二枚に、進行表と簡単なメモを用意するくらいのものだ。（誤解があるといけないのでつけ加えておくと、授業に使う資料プリントと、この程度のメモを作る準備に半日程度の時間をかけるのである。）あとは、授業中の瞬発力で用意した項目と項目との間をつなげて一つの論理やストーリーに仕上げる。話しているうちに思わぬ発見があって、それが一冊の本にまでなったこともある。だから、授業中に思いついたことをその場でメモしながら、口では次のことをしゃべっているというヘンな行動をとっているときがある。

最近は、オンデマンドなどと言って、あらかじめ収録した画面をパソコンで見て「授業」を受けたことにするのが流行りはじめている。いつでも、どこでも見られるから学生の便宜だというのだ。教師も一度録画しておけば使い回しができるから、翌年以降は実際に講義をしなくても一コマ担当したことになる。

はっきり言って、愚の骨頂だと僕は思う。講義では、その時々に話題になったテーマを織り込むことがよくある。そういうこともできないのだ。そこには、生きた学生も生きた教師もいない。たとえば、放送大学しか受講できない人は、それで満足するしかない。それは仕方のないことだ。しかし、教室に学生を集めることができるふつうの大学で、なぜそんなことをしなければならないのだろうか。「新しい試みをしています」という宣伝効果以上のものがあるのだろうか。

世界的なレベルを誇っているアメリカのマサチューセッツ工科大学では、すべての講義をネット上で無料公開することにしたという新聞記事を読んだことがある。日本では「商品」にしたいのだろう。しかし、世界的なレベルで「商品」になるような講義ができる大学教員が、日本にどのくらいいるのだろうか。

演習科目はもっと大変

まぁ、講義科目の話はこれくらいにしよう。

実は、授業自体は講義科目よりも、演習科目の方がはるかに難しいのだ。授業時間の半分ぐらいは学生の発表を聞いていればいいのだから、ちょっと考えると楽そうに思える。テキトーなコメントで済ませるなら、たしかに楽だ。しかし、勝負は学生の発表が終わったところからはじまるのである。講義科目なら、その日に予定していた課題を終えることはそう難しいことではない。学生時間の管理をきちんと行えばいいのだから。レベルを維持することも、そう難しくはない。学生の反応を見ながら、易しく説明し直すなどの工夫を臨機応変にやればいいのだから。

ところが演習科目となると、学生がどう出てくるのか事前にはわからない。テーマ設定からレベルの設定まで、学生の自由にまかせれば、どうしても不揃いにならざるを得ない。そこで、時間を取って事前に演習の綿密な予行演習をやらせる教員もいる。こうすれば、授業時間にはほぼ完璧な発表が期待できる。これも一つのやり方だが、僕はそうしない。

授業中に学生が完璧な発表を行うことは、それを聞く学生の勉強にはならないと考えているからである。それを聞く学生はただビックリさせられるだけで、自分の発表の時には結局同じように教員の個別指導を一から受けなければならない。それよりは、たとえ発表した学生は恥をかいても、不完全な発表を教師がどういう風に評価するのか、どういう風にアドバイスするのか、どういう風に軌道修正するのか、どういう風に次の発展的課題を出すのか、どういう参考文献を指示するのか、そういうことのすべてを見て覚えるのが演習科目の醍醐味というものではないだろうか。

だから教師はキツイのだ。下手をすると、その日の課題を終え、想定していたレベルを維持するために、ついつい教員の独演会になってしまうことが少なくない。それでは講義科目とさして変わりはなくなってしまう。僕も若いときには、それを学生が感動して聞いているように思えて、妙な充実感を覚えていたこともある。若いときには、学生が答えを探すまで待つことができないのだ。いまは、ようやく少しだけ待つことができるようになってきた。

それに学生がどう出るか当日までわからない以上、学生の発表に沿った全方向でのアドバイスができなければならない。適切な参考文献もその場で挙げられなければならない。これは、相当の実力の裏付けがなければできないものだ。そう言うわけで、演習科目を成功させるには我慢強さと、実力の裏付けが必要になる。僕自身は、ある程度の年齢の経過を必要とした。はっきり言って、二七歳である短期大学の教員になってからの一〇年間は、独演会が多かった。一つの方向でしか、授業を組み立てられなかったのだ。何とか形になってきたのは、成城大学に移って数年してからだろうか。

国文学科のカリキュラム

その年の担当科目では、学部のゼミナールだけは前年度の秋に人数調整を終えてあったし、大学院の授業は研究指導を受けるもの以外の履修者はいないから、近代国文学演習Ⅰだけが「ウィンドー・ショッピング」の対象科目だった。この科目が国文学科全体の中でどういう位置づけにあるのか、ここで国文学科の授業科目配当表を挙げておこう（四三〜四五ページ参照）。

この表の演習科目の展開コマ数が、国文学科の専任教員数を表している。つまり、一学年六十数人ほどの学生数に対して専任教員八名なのだ。専任教員が八名もいれば一学年の学生数は一〇〇人がふつうだろう。逆に、一学年の学生数が六十数人程度なら専任教員数は六名が限度だろう。それが、私立大学の経営というものだ。ところが、「少人数教育」が基本方針となっている成城大学では、学生にとっても教員にとっても、こういう大変恵まれた割合になっているのである。したがって四年生のゼミナールでも、一人の教員が学生を八人引き受ければ十分ノルマを達成したことになる。

近代国文学演習Ⅰは二年生と三年生との混成授業である。学生は二年生で二コマ、三年生で一コマ演習科目を取らなければならないから、延べ人数は六十数人×三で二〇〇人弱。それを八人の教員が担当するから、平均すれば一人の教員のノルマは二五人ほどになる。その年の近代国文学演習Ⅰの登録者は二四人だった。ほぼノルマ通りだ。このうち国文学科の二年生は一三人だった。例年、彼らのほとんどが翌年には僕のプレ・ゼミナールに進むことになる。

ちなみに国文学科では、三年生をプレ・ゼミナールとして、単位はないがゼミナールに参加させていた。これは、昨今の就職事情による苦肉の策だ。ゼミナールが四年生だけでは、就職活動にほとんどの時間が割かれて、卒業論文を書くのがやっとだ。授業どころではないのである。そこで、実質的なゼミナールの授業は三年生のうちに行おうというわけだ。それに、三年生と四年生とが同じ授業に参加することは、目に見えない利点がいくつもあった。

僕は学生の発表は必ず四年生と三年生とを組にしていた。そうすると、四年生が三年生の指導を買って出てくれる。三年生がいい加減な発表をすると、四年生が集中砲火を浴びせることもあった。そうこうしているうちに、石原ゼミの伝統が出来上がってくるのである。かなり強い仲間意識もできて、四年生は就職の相談から個人的な相談まで親身になって乗ってやっていたようだ。これも「少人数教育」だからこそできることだ。

ところが成城大学に就職して間なしの頃、とんでもないことが起きた。いつも通りプレ・ゼミナールの希望を集計すると、六十数人中四〇人が僕のゼミナール希望で、二〇人がもう一つの近代のゼミナール希望なのだ。つまり、残りの六名の教員のゼミナール希望者をすべて合わせても、数名しかいないのである。希望が零のゼミナールもいくつかある。これには驚いた。

そこで、学科会議で「これでは不公平だし、実際問題として四〇人では卒業論文の面倒を見きれないから、選抜をさせてほしい」と異例の申し入れをした。ゼミナールは学生の希望を最優先する建前だが、異常事態なのだから当然のことだと思う。ところが、学科主任の教授が「面倒な

国文学科授業科目配当表

授業科目		学年（単位）	I	II	III	IV	計
必修		国文学基礎演習Ⅰ (2)	2				2
		国文学基礎演習Ⅱ (2)	2				2
		国文学基礎演習Ⅲ (2)	2				2
		国文学基礎演習Ⅳ (2)	2				2
		国語史 (4)		4			4
		国文学史 (4)		4			4
		ゼミナール (4)				4	4
		卒業論文 (8)				8	8
	必修合計		8	8		12	28
選択	概論科目	漢文学概論 (4) 国語学概論 (4) 国文学概論 (4)	8（I・II）				8
	演習科目	古代国文学演習 (4) 中古国文学演習 (4) 中世国文学演習 (4) 近世国文学演習 (4) 近代国文学演習Ⅰ (4) 近代国文学演習Ⅱ (4) 漢文学演習 (4) 国語学演習 (4)		8	4		12
	講義科目	※古代国文学講義 (4) 中古国文学講義 (4) ※中世国文学講義 (4) 近世国文学講義 (4) 近代国文学講義 (4) 漢文学講義 (4) ※国語学講義 (4) 国語国文学特殊講義Ⅰ (4) 国語国文学特殊講義Ⅱ (4) 国語国文学特殊講義Ⅲ (4) 国語国文学特殊講義Ⅳ (4)		12（II〜IV）			12
	選択合計						32
総計							60

※印の科目は本年度休講である。

3）進級基準

①　2年次から3年次へ進級するためには、2年次終了までに次に示す最低基準の単位を修得しなければならない。この基準に満たない者は2年次原級とし、原級者は、3年次以上に配当されたすべての授業科目を履修することができない。

1．共通科目	基礎ゼミナール	4単位	計12単位
2．学科科目	国文学基礎演習Ⅰ	2単位	
	国文学基礎演習Ⅱ	2単位	
	国文学基礎演習Ⅲ	2単位	
	国文学基礎演習Ⅳ	2単位	

②　3年次から4年次へ進級するためには、3年次終了までに、次に示す最低基準の単位を修得しなければならない。この基準に満たない者は3年次原級とし、原級者は4年次に配当されたすべての授業科目を履修することができない。

1．必修 国語史	4単位	計36単位
2．選択 演習（8科目）のうち2科目	8単位	
3．前項①の単位（12単位）のほか、卒業に必要な単位	24単位	

4）ゼミナール

ゼミナールは、おおむね時代別、主題別に編成され、古代、中古、中世、近世、近代Ⅰ、近代Ⅱ、国語学、漢文学の8つの分野からなる。ゼミナールの主な目的は、卒業論文制作に備え、研究法の修得、文学史的基礎知識の学習、解釈・考証・調査等の手続きを学ぶことにあるので、学生は卒業論文のテーマにあわせてふさわしい分野を選んでほしい。ただし、卒業論文のテーマが各分野の枠におさまらない場合、もしくは研究方法の面で最も適切な指導を受けることを希望する場合等は、これらの区分にとらわれないで分野を選ぶことができる。

履修の手引き

1）必修科目

① 国文学基礎演習（Ⅰ～Ⅳ）はクラス分けを行う。詳細は、時間割表を参照のこと。

② ゼミナールは4年次配当であるが、プレ・ゼミナールとして3年次での参加を認める（授業内容はシラバスを、プレ・ゼミナールコードは授業時間割を参照すること）。

2）選択科目

① 選択に当たっては、一つの分野にかたよらず、幅広く学修することが望ましい。

② 近代国文学演習のⅠとⅡを同時に履修することはできない。

③ 演習科目は年度をかえて同一名称の科目を反復履修しても、その修得単位を卒業要件単位として認める。

④ 演習科目の選択にあたっては、志望するゼミナールとの関連を十分に配慮すること。

⑤ 演習科目は、2年次で8単位以上、3年次で4単位以上履修すること。

⑥ 講義科目のうち特殊講義は、年度をかえて同一名称の科目を反復履修した場合にも、その修得単位を卒業要件単位として認める。

⑦ 講義科目は、原則として隔年開講とする（近代国文学講義、漢文学講義、特殊講義を除く）。

⑧ 選択科目は配当表に従い、それぞれの分野に示す単位を履修しなければならない。なお、選択科目の規定単位数（概論科目8単位、演習科目12単位、講義科目12単位、計32単位）を超えて修得した場合、さらに16単位までを自由選択として卒業要件単位数に算入することができる。

んか見るから四〇人も集まるんだ！　私なら面倒なんかいっさい見ないから一〇〇人でも平気だ！」と、僕を大声で面罵するではないか。これにはもっと驚いた。主任がそう言うのだから、どうやらこの学科では学生を指導してはいけないらしいのだ。完封を食らった教員は「僕はゼミ生がいなくてよかった」などと、嬉しそうにしている。そうした教員相手に押し問答を繰り返して、何とか選抜にこぎ着け、二〇人に絞ることができた。

こういう学科で生きていくためには、自分で自分を守るしかない。僕はそれまではふつうの教員だった。しかし、それではこういうことが繰り返されるだけだ。そこで、僕は合法的な手段で、学生数を減らすことを考えたのである。それが、ゼミナールへの文学理論の導入であり、過度の課題の導入であり、文芸学部で二番目に厳しいと言われるほどの厳しさの導入だったのである。つまり、授業のレベルをぐんと上げ、そして鬼になった。こうして、それ以降僕のゼミナールは、毎年一〇人台前半の適正規模が保てるようになったのである。これが、僕が鬼になった悲しい顚末だ。

どんな学生が集まったかな

選択科目にどんな学生が集まってくるのか、それも新学期の楽しみの一つだ。

文芸学部では、各学科ともにゼミナール以外の全科目を他学科にも開放している。これも「少人数教育」を頑固に守っているからできることだ。近代国文学演習Ⅰでも、ときおり他学科の学生が混じっていることがある。不思議なことに、国文学科の学生は一年生の時から、どういうわけか文学に対してある種の共通した感性を身につけているのだ。ところが、他学科の学生はそうではない。感性のあり方が違うので、新鮮な驚きを感じるときがある。それで、教える方も結構楽しいのだ。

その年は二四人中九人が他学科の学生だった。英文学科と芸術学科の学生が何人かいる。それに、フランスからの留学生が一人。この留学生はオマケである。何しろ、「将来日本語教師になりたい」というふれ込みにもかかわらず、「日本語がよくわからないので、発表はできません」なんて、平気で言うのだから。その上、国文学科の学生も含めて、二四人のうちの七人はいわゆる「空登録」というやつで、はじめから授業に来なかった。たぶん、シラバスもろくに見ないで空き時間に「保険」をかけるつもりで、登録してしまったのだろう。文芸学部には登録制限がなくて、時間割上可能な限り登録できたので、こういうことがよく起きるのである。ところが、シラバスを見たり僕の噂が耳に入ったりして、これは「楽勝科目」ではなかったと気づいて、はじめから「切った」のだろう。

こういうときは、はじめから「切って」もらった方がお互いのためだ。こういう学生はまずまちがいなく不真面目で、教室の雰囲気を悪くする。ある時などは、小テストの時に教科書を持ってきておらず、隣の女子学生から取り上げて、自分だけテストを受け始めた非常識な学生がいたこともある。もちろん、怒鳴りつけて追い出した。以後、授業には来なくなった。演習を割り当てても、発表の順番が回ってくる頃になると消えていなくなっていることもある。こちらも対応に苦慮することになる。だから、途中から「切る」くらいならはじめから「切って」くれた方がいい。
そう言うわけで、その年の近代国文学演習Ⅰは、聴講（モグリ）が一人加わって、実質的には一七人でスタートすることになった。こういう演習科目には、適切な人数というものがある。多すぎるのはもちろん困るが、あまりに少なくて数名というのもやりにくい。学生に発表の順番が何度も回って、負担が大きくなりすぎる。それに、どうしても馴れ合いになりやすい。だから一七人というのは、実に適切な人数になったわけだ。

最初の授業からきちんと出てきた学生は、「ウィンドー・ショッピング」の期間にもかかわらず、すでに全員この授業を取ると決めている。やる気満々だ。と言うのは、僕の授業は厳しいことで十分有名だからだ。課題が多くてきついし、それ以上に躾にも厳しい。「文芸学部で二番目に厳しい教員」という不名誉な噂が流れるゆえんである。それでも、最初からこの授業を取るつもりで出てくるのだから、鍛えてもらいたいのである。

僕は、こういうところに最近の学生気質がよく現れているように思う。僕が学生だった頃は、はっきり言って、すべてではないが、たいていの大学教師なんてバカにしていた。実際、ろくな授業はほとんどなかった。知識量は僕たちより多いかもしれないが、教師になってからは勉強をしてないから、知性のレベルが低いのだ。それに比べて、僕たちは授業に出ていなくても、授業以外のところでたっぷり勉強していた。競争するように、みすず書房あたりの本を読んでいた。とまぁ、本気でそう思っていたくらい生意気な学生だったのである。

今でもよーく覚えている。その非常勤講師が誰かも、その教室がどこかも。一号館三階、廊下の突き当たり、一三四教室。大学一年の月曜日三限の「国文学」という一般教養の授業。その教師は谷崎潤一郎の初期の短篇『二人の稚児』を解説して、「ここに書いてある「雪」は永遠の象徴だ。なぜなら、「雪」は解ければ水になるが、その水は地球上に太古からあるものだからだ」という解説を、嘘じゃなく、本当に大真面目にやったのだ。あきれ果ててものが言えなかった。

もしこの説明のしかたが正しいのなら、文学テクストに書かれた事物が「永遠」を感じさせる度合いを測るために、それらの事物がどれくらい前から地球上に存在していたかをいちいち科学的に調べなくてはならなくなるはずである。しかし、たった今できたばかりのものにさえ「永遠」を感じさせることができるのが、文学というジャンルの力だろう。第一、この教師は水が太古から地球上にあることを、自分でちゃんと確認したのだろうか。これは「実体化の誤り」とでも言うべきもので、「雪」という実体にあたかも「永遠」という属性があるかのように考えてしまう誤りのことである。しかし、文学では「雪」のイメージに「永遠」を感じるだけの話だと考えるべきだろう。

つまり、この教師は「文学的想像力」というものがまったくわかっていなかったのだ。その頃すでに翻訳が出ていたガストン・バシュラールの文学的想像力についての本なんて、まったく知らない様子だった。僕たちはもうとっくに読んでいたのに。以後、その時間は次のフランス語の予習に当てることにした。教師の名前は、あえて書かない。今は定年退職を迎えて、無意味な本を何冊か出しているようだ。

繰り返すが、僕たちはこんな風だった。ところが、いまの学生は大学の教師に何かを期待しているのだ。一つは、現在の人文科学が一九八〇年代以降に重装備の理論武装をしたために、学部生レベルではもはやそれを独学では学べなくなったということがある。もう一つは、学生が大学を教育サービスの機関として捉えるようになったということがある。教室で教わるのは当然というわけだ。しかし、その結果として教室の外では勉強しなくなった。それが、現実なのだ。いまの学生は休講さえ喜ばないところがある。僕も意地になって「休講ゼロ教師」をめざした。特に教務部長を勤めた三年間は、一度も休講をしなかった。「先生って、休講ないですよね」と、学生にも言われたものだ。こういう評判が立てば、学生のサボりも少なくなる。

問題は、こういう学生気質の変化を理解していない教員が少なくないところにある。現在の学生はまず教室で勉強させなければならないのに、昔のように大学生は教室の外で勉強するものだと思い込んで、真剣に授業に取り組まないのだ。一九八〇年代以降の理論にも拒否反応しか示さない。学生を信用しているとか、学生を大人扱いしているとか言えば聞こえはいいが、要は手抜きでしかない。こういう教員が、日本の大学のレベルを低くしているのだ。そうならないために、僕は教室で学生を鍛える。その上で、教室の外にでるように、学生を挑発する。

僕のシラバス

近代国文学演習Iのシラバスはこんな具合だ（五二、五三ページ参照）。

「履修者への要望」のところに「3年になって石原ゼミに入ろうとチラッとでも考えている学生は、出来る限りこの演習を履修しておいてほしい」とあるので、近代国文学演習Iを取る学生は

「本気」なのだ。例年ほとんどの二年生が僕のプレ・ゼミナールに進むのには、実はこういう理由があったのである。

「恥ずべきことではない」なんてフレイズが何度も出てくるところに、僕の教育方針がよく表れている。勉強は教室で恥をかいて身に付けるものだ、というのがそれである。若いときに恥をかかなかったために社会人になってから大恥をかいたり、思わぬ失敗をすることはよくあることだ。それに叩かれ強い人間に育てることも、大切なことだ。僕自身がそういうことから逃げてきたので、どうもいつまでたっても「成熟」という地点からほど遠いところにいる。だから、これは僕自身の後悔から導き出された教育方針でもある。

　これは他の本にも書いたことだが、「みんなが満点を」というキャッチ・フレイズで二〇〇二年から導入された「ゆとり教育」は、根本的なところで誤っている。教室がどういう空間であるべきなのかがまったく理解できていない、それこそ頭でっかちの官僚が作った、歴史に残る大チョンボだと断言できる。彼らは教室に対する哲学をまったく持っていなかったのだ。あるいは、誤った哲学しか持っていなかったのだ。もはや風前の灯火となったのは幸いと言うべきだろう。

　そもそも、教室はまちがえることのできる空間なのだ。また、教室はまちがえることが許される空間でもある。もっと言えば、教室ではまちがえる権利がある。正解が出せなくてまちがってしまうレベルまで子供の可能性を試し、なぜまちがえたのかを考えることでその子供が人間として理解できる。それが、教室のダイナミズムというものだ。教育にとって、まちがいほど収穫の多いものはない。特に、国語という教科ではそうだろう。

ンドアウトの作り方などについてアドバイスは惜しまないが、出来る限り自分で工夫してほしい。なお、はじめのうちは毎時間のように小テストを行う。

〔**評価の方法**〕

年４回のレポートを課す。レポートは添削して返却後、再提出を求めることがある。これも恥ずべきことではない。口頭発表が20パーセント、出席と授業への貢献が20パーセント、レポートが60パーセントの割合。

〔**履修者への要望**〕

かなりの分量の調査と多くの理論書の読破を求めるので、厳しい演習になるが、それだけのものは得られると思う。見当違いや間違いを恐れずに積極的に質問し、また意見を述べてほしい。そのことを恥じる必要は全くない。恥ずべきはただ一つ、「怠惰」である。なお、この演習に参加せずに石原ゼミにはいると、レベル的にも体力的にも精神的にもついていくのがかなりキツイことが経験的にわかっているので、３年になって石原ゼミに入ろうとチラッとでも考えている学生は、出来る限りこの演習を履修しておいてほしい。

〔**必読文献**〕

『東京ブックマップ』（書籍情報社）
『日本近代文学大系　26　夏目漱石集Ⅲ』（角川書店）
小川和佑『「三四郎」の東京学』（日本放送出版協会）
石原千秋『教養としての大学受験国語』（ちくま新書）

近代国文学演習Ⅰ	教 授 石原 千秋 （いしはら・ちあき）				
	実施学期	単位数	週時間	学年配当	授業コード
	通 年	4	2時間	2、3a	1321

〔題 目〕夏目漱石『三四郎』を読む

〔教科書〕夏目漱石『三四郎』（どんなテキストでもよい）

〔授業内容とスケジュール〕

この授業では夏目漱石の『三四郎』を読むことで、近代小説の読み方の基本を学ぶ。『三四郎』『それから』『門』は、漱石の前期三部作と呼ばれている。内容的にも緩やかに連続しているだけでなく、ほぼ完全なリアリズムの手法が採用されている点でも共通している。また、いずれも明治40年代の第一次都市化現象を背景に書かれた都市小説でもある。その意味で、近代文学の入門演習のためにはうってつけのテクストなのである。

4月　近代文学入門講義。本屋、古本屋巡りのためのガイダンス。

5月　近代都市東京と上京する青年たち。

6月　エリート青年と本郷文化圏。

7月　謎の女と学歴社会に生きる男たち。

9月・10月　ホモソーシャルな関係を生きること。

11月　他者の欲望を学ぶこと。

12月・1月　オープンエンディングとは何か。

〔授業の進め方〕

口頭発表を中心とする。課題が残れば何度でも発表のやり直しを求めるが、そのことを恥じる必要はない。考え方、調べ方、ハ

「みんなが満点」主義では、できる子供の可能性を伸ばすことができない。これは誰にでもすぐわかる理屈だろう。「学力低下批判」が起きたのは当然の成り行きだった。しかし、これは「ゆとり教育」が犯した過ちのほんの一部にすぎない。「ゆとり教育」が犯した根本的な過ちは、まちがいを通して子供を理解する機会を、教師から奪ったことにある。

ここで僕が言う「理解」には、二つの意味がある。

一つは、まちがったところを点検することで、子供がなにを理解できていないかがわかるという意味である。これは学力の点検ということだから、すぐにわかって貰えるだろう。たとえば、テストはまさにそのために行われるのだ。だから、学校のテストはまちがってもかまわないのだ。テストのあとに、テストのレベルまで子供を引き上げればいいのだから。その手がかりが、まちがいなのである。だから、教育にはまちがいが必要だと言うのだ。

しかし、もう一つは少し難しい。こういうことだ。特に国語などでは、子供がまちがったときには、「なぜこの子はこう思ったのだろう」と考えることで、その子供が理解できるのだ。つまり、まちがいを通して、教師が子供を人間として理解する手がかりを得ることができるのである。「正解」はそこで行き止まりだ。「よくできたね」でおしまいである。しかし、まちがいの先には一人の人間としての子供がいる。まちがいはコミュニケーションのはじまりなのである。「ゆとり教育」が奪ったのは、教師と子供がまちがいを通してコミュニケーションが持てるような信頼関係だったのだ。

こう考えると、「ゆとり教育」は実は教師を信頼していない地点から発想されたものであることが炙《あぶ》り出されてくるだろう。

むしろ、僕は学生にまちがえることを求めたいくらいだ。僕のシラバスに「恥ずべきことではない」というフレイズが頻出するのは、こういう理由による。僕が鬼になったのは、実は僕の教育方針から導き出された必然でもあったのである。

ところで、僕の近代国文学演習Ⅰは火曜日の一限に組まれた。この演習科目は前に書いたように専任教員が全員担当する「顔見世興行」的な色彩もあった。つまり、学生がゼミナールを決める手がかりにしてほしい、納得ずくでゼミナールに来てほしいという配慮である。それが、なぜこんな学生の嫌がる時間帯に組まれてしまったのだろうか。

時間割をめぐる攻防

成城大学は小さな大学だから、教務部が全学部で一六〇人ほどいるすべての教員と数百人いるすべての非常勤講師の時間割を組む。これが一仕事なのだ。慢性的に教室が不足しているから、その割り当てなどの物理的な難しさもある。だから、時間割はいっぱいいっぱいなのだ。どの曜日も、二限と三限の教室の稼働率は九〇パーセントに近い。経験のある人なら、これがどういう数字かわかるだろう。「ウィンドー・ショッピング」をして人数が確定したあとに、適切な教室に変更しなければならないケースが必ず出てくる。ところが、この時間帯は満足な教室変更ができない状況なのだ。

しかし、一番やっかいなのは、教員の「我が儘」の扱いである。これは立場上職員には対応ができないから、僕がやることになる。なかには、本当にひどいものもある。「この日は午後から政府の審議会があるから、午後は空けろ」とか。一見もっともな要望のように聞こえるが、審議会がある日は「研究日」を当てるのが当然だろう。研究日はほぼ希望通りに設定できるのだから。「研究上必要な語学ボランティアがあるから、この日の午後は空けろ」という要求もあった。

「研究上必要なボランティアなら、それこそ研究日に行うべきではありませんか。」

「うちには小さい子がいて、主人の研究日と私の研究日とが重ならないようにして、二人で子育てをしているのです。」

「なるほど。そういう方針なら、あなたは研究日は家におられるわけですね。研究日にほかに非常勤へは行っていないのでしょうね。」

「いいえ、行っています。」

「それはおかしいでしょう。いま研究日には家で子育てをする方針だとおっしゃったではありませんか。研究日に非常勤に行けるのなら、研究のためのボランティアも研究日に行くべきでしょう。まさにそのために研究日があるのですから。」

「じゃあ、結構です！」

僕がこれだけ強硬な態度を取らざるを得なかったのは、非常勤講師の希望を最優先にしなければならなかったからである。その上に専任教員の「我が儘」まで聞いていたのでは、時間割を組むことが不可能になってしまうのだ。ところがこの教員は、「教務部長は外国人への偏見から時間割に融通を付けなかった」とデタラメを言い触らしたらしい。「ひどい噂が流れてるよ」と耳打ちしてくれた教員がいたので、それを知ったのである。放っておいたが、ついに学部長が「何とかならないか」と言ってきた。

「研究日に非常勤に行っている教員が、子育てがあって研究日には家にいたいから時間割に融通を付けろと言うのはおかしいでしょう。」

「何だ、そういうことなのか。彼女は僕には非常勤のことは言ってなかったよ。それなら問題にもならないじゃないか。」

「そうでしょう。」

教員も自分に不利なことは言わないようだ。信用できないのは、学生だけではない。

なぜ、教室が不足するのか。実は、ほとんどの教員が一限の授業を極端に嫌うために、一限の教室稼働率は二〇から三〇パーセントしかないのである。慢性的な教室不足の最大の原因は、ここにあったのである。そこで、原則としてどの教員も週に一回は一限を持って貰う方針を立てて、時間割を組まざるを得なくなった。僕も、例外ではない。近代国文学演習Ⅰが一限に組まれてしまったのは、こういう理由による。

しかし、時間割編成の時期になると、必ず教務部長に電話をよこすベテラン教員もいる。

「数年前に病気をして体が弱いものだから、一限の授業は外して貰えませんか。」

「それはお気の毒ですね。ところでつかぬ事を伺いますが、ほかで非常勤はなさっておられないのでしょうね。」

「いや、それが義理があって週に一日行っているのです。」

「それでは、ご希望には添えませんね。ほかでアルバイトをしているのに、本務校で無理を聞いてほしいというのは、本末転倒ではありませんか。」

「そうですか。わかりました。」

「いえ、お役に立てなくて恐縮です。」


彼は例の入試の採点をサボって帰ってしまう教員だ。どういうわけか、こういうトラブルメーカーは研究業績のほとんどない教員にほぼ限られていた。研究者として自信のある教員はいつでも毅然と授業や校務をこなしていて、僕などが見ても惚れ惚れするようなところがあった。彼らのような優秀で有能な教員からは、愚痴めいた言葉を聞いたことさえない。顧みて、愚痴ばかり言っている自分が恥かしくなることがある。

保育園の送り迎えのために一限と五限の授業は外してほしいという要望も文書で出された。これは職員にも認められている制度なので、こういうのはやはりほかへ非常勤に行っていないことを確認した上で、認めることにしていた。早朝には喘息が出やすいのでというケースなども、同様である。「専任」というのは「時間」で拘束されてナンボだが、ほかに非常勤に行っていないなどの条件を満たしていれば、子育てや病気にはそれなりの配慮があってしかるべきだと考えていたからだ。

もちろん、大学の教員である以上十分な「研究日」が確保されるのは当然である。成城大学は、その点「会議日」を含めて週三日勤務でよかった。制度上の「研究日」は二日なのだが、時間割編成上授業を入れない日を一日作る慣例があって、実質週三日勤務体制が確立していたからである。私学ではかなり恵まれたほうだと言っていい。だからこそ、成城大学は給料が安くても優秀な教員を集められたのである。文科系の教員の多くは「お金よりも研究の時間がほしい」ものだからだ。

要するに、多くの文科系の大学教員にとっては自宅が仕事場なのである。だから週三日勤務とは言っても、残りの四日は自宅で調べものや執筆をしているものなのである。もちろん、図書館などに行く場合もある。そういう意味では、土、日も休みではない。「土、日は仕事を休みます」というバカはいない。まともな研究者なら、年中無休というのが実際のところだ。そういうわけで、よほどの「売れっ子」で事務所を構えていたり、大学の研究室に秘書を雇っていたりするのでない限りは、文科系の研究者の名刺には勤務先だけではなく、自宅の住所も刷り込んであることが少なくないのである。もっとも、最近は個人情報が犯罪に使われるケースが多くなったために、大学の住所だけというケースも増えてきたが、これなどは会社勤めのサラリーマンには理解できないところかもしれない。文科系の研究者にとっては、「公私混同」が常態となっているのだ。

だから、週三日勤務体制の成城大学は恵まれていると言うのである。私学でありながら、これだけ優遇されていてなお「我が儘」を言う教員には、毅然とした態度で臨んだ。それが、教務部長としての僕の方針だった。多少の個人差はあっても、これが成城大学の教務部長の基本方針だったと思う。

ついに始業時間を変更する

成城大学の教員がかくも一限を忌避するのは、実は始業時間の問題があった。成城大学の始業時間は八時四〇分で、これはいくらなんでも早すぎた。学内でも二〇年以上前から問題になっていて、懸案事項の一つだったのだ。入試広報部長も、これには苦慮していた。入試説明会を行っても、始業時間が八時四〇分だと聞くと、「とても通えません」と去っていく受験生が少なくないと言うのだ。

ところが、始業時間を繰り下げると運動部に影響が出た。一日の授業が終わる時間も繰り下がるわけだから、日が短くなる秋からの練習時間が確保できないのだ。男子学生が多く、運動部での伝統がある経済学部が絶対反対の立場だったので、どうしても変えることができなかったのである。しかし、その経済学部の偏差値の下落ぶりにさすがに危機感を抱いた経済学部長が、七月に入った頃から態度を軟化させたのだ。ある日の部長会で「僕は賛成はしないけど反対もしないから、やるなら今だよ」と言うではないか。彼としては、歴代の経済学部長への配慮から、こういう言い方が精一杯のところだったのだろう。

部長会とは、学長と各学部の学部長、各大学院の研究科長、それに各部署の長と事務局長とによって構成される、大学での実質的な最高決定機関だった。もちろん制度上の最高決定機関は大学評議会にあるが、評議会に出す議題を調整するのが部長会なのだから、実質的には部長会が大学を運営していたのである。

翌年度からの始業時間変更に向けて、急遽教務部が動くことになった。まず、教務委員会を通す必要があった。そこで、ほかの大学の始業時間を調べて、山手線の内側にある大学、それ以外の二三区内にある大学、郊外にある大学の順に並べた資料を作った。ついでに、関西圏の大学も調べて付録として付けた。これでわかったことは、山手線の内側にある大学で九時、二三区内もほぼ九時だが、九時二〇分もちらほら。郊外の大学だと九時二〇分が主流。関西圏でも九時が主流だった。八時四〇分のわが成城大学は、やはり例外的存在だった。

成城大学の始業時間は、九時と決めた。たとえば、成城学園前駅のある小田急線で急行に乗るなら、二〇分あれば新宿から出発して多摩川を越えることができてしまうのだ。毎日の通学を考えれば、この二〇分の差は大きい。入試広報部としては、これまでより急行二〇分分広いエリアから受験生を集めることができるのだから、これは朗報である。もちろん、大学全体の偏差値にも微妙に影響するはずである。

また、それまで四〇分しかなくて学生に不評だった昼休みも、五〇分に拡大することにした。これで、四限の授業終了時間が、三時四〇分から四時一〇分に繰り下がることになった。問題は体育関係だが、体育はある時期から必修科目でなくなったために、成城大学では科目名をスポーツと変えて、各学部ではなく教務部長の所管となっていた。そこで、グランド使用問題については、体育担当の教員が学園全体の各学校の調整をすべて行ってくれた。僕が学生時代にお世話になったことのある先生で、すごく恐縮した。

学生街という文化

昼休みの時間拡大には、僕自身の特別な思いがあった。僕が学生だった頃には、大学の学生食堂が貧弱だった。そこで、学生は短い昼休みをかいくぐるようにして、お洒落な成城の街に食事に出た。放課後の飲み会も、成城の街だった。しかし、その後の成城大学は、学生食堂を拡充することで、学生を学内に囲い込んでいったのである。それも、昼休みが四〇分しかないのが理由の一つだったと思う。

現在の成城の街は、とても学生街とは言えない。地元の飲食店が学生を敬遠しているからである。中には「学生が来るとうるさくて、地元のお客さんが来なくなるから迷惑だ」と言う店もあった。これは、学生が昼食を食べに地元商店街に出る時間がないからだと、僕は考えていた。考えてみれば、一年のうち七ヶ月ほどしか商売ができない学生街は、営業的には大変厳しいのである。

僕の学生時代にこういうことがあった。ある夏休みの終わりに「木馬」という行きつけのレストランに行くと、ひどく閑散としていた。ボーイさんが「大学はいつはじまるんですか」と心細そうに聞くのだ。「あと一週間ほどですよ」と答えたら、やっぱり心細そうに「そうですか」と言った。ところが、後期がはじまって成城の街に出てみると、もう「木馬」は跡形もなく消えてなくなっていたのである。だから、成城の街が学生街であることをやめて、地元のお客を優先することを選んだのは仕方のないことだった。

しかし、学生が成城の街にお金を落とすようになれば、地元商店街の態度も変わるのではないか。成城大学の学生をもっと大切にしてくれるのではないかと考えたのだ。そして、そこに学生街という一つの文化ができる。文化には余剰なお金が必要なものなのだ。それが、僕の夢みたいなものだった。もしかすると、それが現実のものとなるかもしれない。いや、せめて僕の学生時代程度には「学生街」であってほしいと思った。これは、僕のノスタルジーだろうか。

しかし、始業時間の件をすぐに教務委員会の議題にするわけには行かなかった。それなりの段取りを踏まえる必要があったのである。もっとも、今回はすでに部長会で話題になっていることだし、学長と事務局が全面的にバックアップしてくれていたから、僕がよほどのドジをしない限り成立はまちがいなかった。

まず部長会メンバー全員への根回しが必要だった。始業時間を九時にすれば、学内の時間全部を動かさなければならないわけだから、それぞれの「長」にお願いをする必要があったのだ。一度部長会で出た話だから、反対はなかった。根回しと言うよりは、実質的には挨拶という感じだった。しかし、この「挨拶」に半月かかった。その頃読んだ週刊誌が「ダメな会社特集」をやっていて、その一つが「根回しの必要な会社」だと言う。家内にその話をして、「成城もこれだからなぁ」とぼやいたものだ。

それからようやく教務委員会の議題にしたのだが、この時はもうすべての学部長の了解を取ってあるから、シャンシャンだ。その後、各学部の教授会で行われる教務委員による「教務委員会報告」の中で、すべての専任教員にアナウンスしてもらった。もちろん、どの教員にとっても九時始まりはありがたい。反対は出ない。そして、夏休み直前の大学評議会では、教務部長からの提案ではなく、「学長報告」という形で認めてもらった。これで、ようやく「決定」である。

後期になって学生に掲示で告知したときには、さすがに嬉しかった。僕はまったく無為無能な教務部長だったが、たった一つだけまとめ役らしきものを果たして形として残したのが、この始業時間の変更だった。ただし、それは機が熟していたからにすぎなかった。部長たちの成城らしい穏やかなチームワークが、そのチャンスを摑んだのだった。それがたまたまぼくの教務部長時代に当たっただけのことだ。

もちろん、こういう風に思うことさえささやかな自己満足にすぎないが、それだからこそこの巡り合わせには感謝した。

第三章　最初の授業で申し渡すこと

ふつうの大学

世の中には、成城大学に対するちょっとした誤解が定着しているように思う。「芸能人やその子供が多く通っている、派手でチャラチャラした大学」というイメージだ。成城大学もそれを宣伝に利用しているふしがあるから、まったくの「誤解」とは言えないのかもしれない。

それに、「芸能人やその子供が多く通っている」のは事実である。だから、ほかの学生も慣れっこになっていて、特別扱いはしない。なるほど女子学生には美人が多いが、大学全体の雰囲気は決して「チャラチャラ」してはいない。むしろ、地味な方かもしれない。キャンパスを見る限り、青山学院大学や立教大学のほうが「チャラチャラ」度はずっと高いと思う。（ごめんなさい。率直な感想です。）

もっとも、僕の学生時代には「チャラチャラ」度が結構高かった。今は個人情報が流出するのでどの大学も学生名簿は作っていないが、昔はそうではなかった。その頃の成城学園の名簿はひどいもので、親の職業まで掲載してあるのだ。（そう言えば、大学の担任カードには親や兄弟の最終学歴まで書かせていた。僕が勤めてからもそうなっていたので、学生部にこれは問題だからと止めるように警告したことがあるのだけれど、どうなったことやら。他大学から移ってきた教員も「こんな個人情報を書かせて大丈夫なの?」とビックリしていた。)

その名簿を見ると、たしかに芸能人や野球選手の子供が多かった。もっとビックリしたのは、親の肩書きに「取締役社長」というのがすごく多かったことだ。そのころから世間知らずの僕は、会社名を一〇ぐらいしか言えなかったから、世の中にこんなにたくさん会社があるのかとビックリした。そして、なるほど「金持ちが多いなぁ」と感心した。

一年生の時には、夏休みが終わって授業に出ると、僕の隣に座っていた友人が、前の席に座っていた女子学生に「あなたこの夏休みに、ロンドンにいなかった?」と聞かれたことがある。彼は田舎に帰省しただけだったから、目が点になってしまって、口をもぐもぐさせるのが精一杯だった。その後、その女子学生たちは「イタリアのあのお店はどうのこうの、フランスのあのレストランはどうのこうの」とひとしきり話していた。僕たちは、シュンとなってしまった。まるで別世界だ。断っておくが、これは学生の身分ではまだ簡単に海外旅行などできなかった三〇年も前の話である。

こういう「チャラチャラ」した大学というイメージが、成城大学を偏差値の物差しでは測りきれない不思議な雰囲気を持った大学に仕立て上げていたのは事実だ。しかし、それはもう昔の話である。学園全体ののんびりしたところはいまも学生気質に残っているが、良くも悪くもいろんな面でふつうの大学になったのだ。親も平均的なサラリーマンが多いから、高い学費を払って大学に通わせて貰っていることに感謝している健気な学生が多い。これは本当だ。僕は、学生が実際にそういうことを口にするのを、何度も聞いた。
それにともなって、学力もふつうになった。つまり、学力も地味になった。河合塾の偏差値表でも、ピッタリ五〇だ。しかし、教師にとってはこれが大問題なのだ。偏差値五〇のふつうの大学生は、いかなる学力であるのか。

ふつうの良い子が不良になれるか

僕は国文学科の教員だ。だから、文章を書く力を鍛えることに最も多くの力を注ぐ。国文学科卒業で文章が書けないというのでは、洒落にもならない。ところが、「ふつうの大学生」はまともな文章が書けないのだ。もっとも、たまにははじめから優等生的な文章や個性的な文章を書く学生が混じっている。意外に思われるかもしれないが、実は大学ではこういう学生ほど苦労するのだ。どうしてか、説明しよう。

高校までは教育の目的の一つとして「人間形成」が挙げられる。そこで、「作文教育」も「自己表現」が中心になる。しかし、その「自己表現」は教室で許される範囲を出ることはできない。遠足の作文を書いて「これこれがためになった」と書けば「自己表現」とみなされるが、「これこれがつまらなかった」と書くと「不真面目」になってしまったりするのが、教室の掟なのだ。

ややシニカルな言い方をすれば、「私はこれこれの体験をして成長しました」とか「私はこういう本を読んで成長しました」と書けば「自己表現」とみなされるのである。それが教室で許されるほとんど唯一の語り口なのだ。逆に言えば、「こんな本はつまらなかった」と書いたりすると、それは「自己表現」ではなく、「自己表現」すべき本当の「正しい自己」はどこかに隠されているはずだとみなされてしまう。そして、「本当の自分探し」のために「教育的指導」を受けることになるわけだ。だから、みんな作文が嫌いになってしまう。

こういう語り口（つまり、発想法）が身に付いた学生は、どんな小説を読んでも道徳的な教訓を導き出すのが「正解」だと思い込んでしまっているのである。「主人公はこうすれば、みんなと仲良くなれたのに……」という具合だ。こういう学生には「大学で小説を読むことは、喧嘩の仲裁をすることではない」とどれだけ言っても、なかなか受け付けてくれない。学生によっては、「まず、主人公はどうしてそうしなければならなかったのかというところから考えてみよう」というアドバイスさえ受け付けないことがあるのだ。

感情移入する読み方しかできない学生も、苦労する。感情移入できる小説しか受け入れられないからである。そして、そういう学生はたいてい感情移入できる幅がものすごく狭いのだ。特に、親に感謝しているような心やさしい「ふつうの大学生」にそういう傾向がある。

たとえば、そういう学生は夏目漱石の『坊っちゃん』を読んだら、「清」という「下女」に必ず「母性愛」を読み込んでしまう。「母性愛」を持って接することが「正しい」人間関係のあり方だと何の疑いもなく決めてかかっているからである。そういう学生には、「清」の「母性愛」の質を少し離れたところから検証することはできない。ましてや、「母性愛」そのものを対象化して検証することなどとうていできない。そんなことをしたら、その学生は自分の人生観を否定されたように感じるらしいのである。

成城大学では、「母性愛」は強いられたものだとか、「母性愛」が子供を不幸にすることがあると考えるようなフェミニズム批評に反発する女子学生も少なくはない。それが、「少し働いたあとは専業主婦に」という将来像をぼんやりと思い描いている「ふつうの女子大生」のポジションなのだろう。実際学生の話によると、他大学との「合コン」では、成城大学の女子学生は最高ランクの位置づけだと言う。彼女たちは、最強の「専業主婦候補」なのである。ちなみに、男子学生はランク外の扱いだそうだ。僕の学生時代に、「合コン」という制度(?)がなくてよかった。

これは就職事情でも変わらない。僕のゼミナールでも、男子学生ではあり得ないことだが、女子学生なら大手都市銀行に採用されることは稀ではなかった。僕が成城大学に就職したのはまだバブルが完全に終わっていなかった時期だが、ある女子学生が「私はゼミを休んでまで就職活動をしたくなかったので、ゼミを休まなくてもいい範囲でやりました」と言うから、「で、どこに決まったの?」と聞くと、「第一勧銀です」と言うので驚いたことがあった。

これは周知の事実だろうが、こういう女子大生にとっての就職は、現在の自分よりも社会的なステータスが高い結婚相手を見つけるためのものだ。そのために「成城大学卒業」という肩書きがほしかったと、正直に告白した女子学生もいた。そう、「キューピッドクラブ」の広告に載っている男女の最終学歴が雄弁に物語っている思想である。広告を見ると、男の卒業した大学の方が、女の卒業した大学よりも例外なく偏差値が高いのである。同じ大学同士のカップルがごくたまにある程度だ。このあたりは、キャリア志向の強い偏差値の高い大学の女子学生とは違っているのである。もちろん全員ではないが、これが平均的な成城大学の女子学生である。これは良い悪いの問題ではない。厳然たる事実なのだ。

　繰り返すが、だからこそ、そういう女子学生に「母性愛」に疑問を持てとアドバイスすることは、彼女たちの人生観に踏み込んでしまうのである。それどころか、彼女たちの人生観を否定してしまう可能性さえある。しかし、それをしなければ授業にならない場合もあるのだ。文科系の授業の難しさは、こういうところにある。

「良い子の感想文」を内面化させられてきた学生は、どんな立場でも取り得るという知的な軽やかさからほど遠い地点にいるわけだ。あえて言えば、これこそがふつうの中流家庭で育まれた心性なのである。そういう学生を「紙の上の不良」に仕立て上げるのは、結構大変なことなのである。

　しかし、もっと深刻なのは「個性的だね」などと褒められて、「自分の文体」が出来上がってしまっている学生だ。そういう学生にとっては文体自体がいわば等身大に人格化してしまっているから、極端に言えば、その文体にほんの少しのノイズを加えることもできなくなっている。この場合のノイズとは、資料や分析や理論などを言う。「自己表現」としての「作文」にはこういうノイズは必要ないから、そういうものすべてを受け入れられないのである。「等身大に人格化した文体」以外はいっさい受け付けないということだ。

　しかし、こうしたノイズの入っていない文章は「作文」ではあっても、レポートにはなり得ない。ましてや論文では決してない。(もしかすると、評論ではあるかもしれないが。) 大学で学ぶのは研究のための文体だから、「等身大に人格化した文体」では通用しない。こういう学生に

「紙の上の知性」を持たせるためには、いったんその文体を壊して、ゼロからまた文体を作り上げなければならない。これは、学生にとっては自己否定と同じくらい厳しい体験なのだ。しかも、自己否定された上に新しい自己に生まれ変わらなければならない。僕は、これで苦しんだ学生を何人も見てきた。

いずれにせよ、どちらの学生にとっても、大学で通用する文章を身につけるためには、死と再生の儀式が是非とも必要になる。

まるで新入生

近代国文学演習Iを履修している学生は、二年生がほとんどで、それに三年生が少し混じっている程度だ。四年生ともなれば、例外的存在だ。しかし、この学生たちを新入生扱いせざるを得ない事情があった。

文芸学部では一年生全員に「基礎ゼミナール」という、学科の垣根を越えた必修科目が二十数コマ開講されていた。一コマあたり二〇人台の恵まれた環境である。これは僕が成城大学に就職した次の年に大議論の末に設置された科目で、一年生のうちに大学で学ぶ「研究」というものの基礎を身につけて貰おうという趣旨だった。だから、高度な専門性からは離れた授業でなければならなかった。

議論の過程では文芸学部共通テキストを作ろうという話で盛り上がった時期もあったのだが、多くの教員が「専門以外のことは責任が持てない」と主張して、立ち消えになった。しかし、あくまで学科の垣根を越えた「研究入門」のための授業なのだから、専門に閉じこもったような授業は行わないようにしようとだけは申し合わせた。しかし、これはしだいに守られなくなっていった。

学部教務委員としての僕の提案で、「一年間に最低三回のレポートを課し、必ず添削してコメントを付した上で返却すること」という教授会決議まで行ったのだが、これもあまり守られていなかった。ほとんどの学生が、そんなことはして貰えなかったと言うのだ。それに気が付いた僕は、今度はせめて基礎ゼミナールの理念をまだ理解していない新任教員には担当させないでほしいと提案したが、これも学科の事情で必ずしもそうはならなかった。結局、基礎ゼミナールはある理念の元に意気込んで設置してはみたものの、教員も担当することを嫌う科目になってしまっていたし、学生にとっても中途半端な科目になってしまっていた。

国文学科は他学科に先んじて、基礎ゼミナールとは別に、学科独自に近代文学と古典文学を半期ずつ学ぶ「国文学基礎演習」という科目を設置していた。(国文学科を見習ったのか、その後他学科もこれに似た科目を設置するようになった。だから、ますます基礎ゼミナールの位置づけが中途半端になっていったのである。)しかし、僕が教務部長になってからは、担当コマ数の関係で基礎ゼミナールも基礎演習も担当することができなかった。

そう言うわけで、入門という意味では一年を無駄に過ごしたという前提で、近代国文学演習Ⅰの授業を始めなければならなかったのである。

授業のルール

そこで、新学期には新入生にやるようなガイダンスを行った。

はじめは、僕の授業のルールを説明する。なにしろ「文芸学部で二番目に厳しい教員」だ。ルールだって厳格なものである。

僕の近代国文学演習Ⅰでは、年に二回の発表と八〇〇〇字以上のレポートが年に四回課せられる。発表をすっぽかしたりレポートを提出しなかった場合には、そこで「ゲームオーバー」になる。ただし、人間にはミスは付き物だし不可抗力の事故もあり得る。そこで、もしそういうことをしてしまった場合やそういうことが起きてしまった場合には、自宅に電話をしてもかまわないから、次の授業までにミスの理由を説明するなり、事故の経緯を説明するなりすれば、「ゲームオーバー」にはならないという猶予を与えておくことにしていた。それを怠った場合には、「ゲームオーバー」だ。名簿から名前を削除するのである。これは、厳格に実行した。

近代国文学演習Ⅰでは、発表は何度かやり直すのがふつうだ。これは何もできが悪かったからばかりとは限らない。発表によって新たな課題が「発見」されて、それを調べたり考えたりするために、もう一度、さらにもう一度ということになることが多いのである。レポートは形式が守られていなければ、再提出を求める。したがって、最多の場合は年に七回提出する可能性があることになる。（最後のレポートには再提出の機会がないから、七回となるのである。）

成績を付けるためだけにレポートを提出させ、返却もしないというのでは、まともな教育とは言えない。だから、レポートは必ず添削して、簡単なアドバイスを付して返却する。アドバイスの補足は、返却するときに口頭で行う。これはどんなに忙しいときでも実行した。そのために徹夜することも珍しくなかった。それが教員としての最低限の義務だという信念があったからだ。それに、この手間のかかるローテクなやり方が一番学生を伸ばすことができると経験的にわかっていたから、意地でも止めるわけにはいかなかった。規模の大きな大学でこれをやると教員も学生も驚くが、僕の見る限り、成城大学文芸学部では少なく見積もっても一割以上の教員がこれを実行していた。こういうことも含めて、授業を誠実に行う教員の割合は、他の大学に比べてかなり多い方ではなかっただろうか。これも、教員にゆとりがあるからできることだ。

よく誤解されるのだが、僕はこういうことが好きでやっているのではない。たしかに人よりも文章が気になる性格であることは否定しないが、当然の「仕事」だと思ってやっていたにすぎない。ただし、これは学生にはキツかっただろう。ある時学生が「先生の授業はコストパフォーマンスが悪いですね」と冗談で言ったことがある。しかし、これは本音だろうと思った。(フロイトに教わるまでもなく、「冗談」は多くの場合「本音」である。)

そこで、僕の場合は学年最後のレポートを最も重視することにしていた。はじめの方で失敗して零点を取っても、最終的な学年点は八〇点や九〇点という例だって少なくなかった。ビシビシ鍛えるのだから、最後は努力が報われる形にするのが教育というものだと思う。

しかし、単なる「楽勝科目」は学生を荒廃させる。勉強しなくても、出席しなくても単位が取れるとなれば、学生は世の中を甘く見ることを体で覚えてしまう。「楽勝科目」しかできない教員には単純にいい加減な人間が多かった。中には、学生を鍛える志をまったく持たないために、

「優」を乱発する教員もいた。僕の見る限り、成城大学で「第二の人生」を送ろうとしている教員や、「研究者」であることを諦めた教員にこの傾向が強く出ていた。研究者としても人間としてもきちんとした教員は、そんなデタラメはしないものだ。ただ成城大学の良識的なところは、そもそもそういう教員の絶対数が少なかったし、そういう教員にはいわゆる「発言力」を持たせなかったことだ。

しかし、最近の世知辛い大学事情の中で、確信犯的に「楽勝科目」にせざるを得ない教員もいるように思う。大学の経営が苦しくなれば、人件費を節約したいと考えるのが経営者というものだ。そこで、まず職員を削減する。しかし、それでもなお苦しければ、教員の削減だ。学生の集まらない教員から切られていく。こうして、「楽勝科目」が生まれやすい構造が作られていく。日本の大学と学生が荒廃するのは当然である。

一方で、「優」をほとんど出さない「激辛科目」も学生のやる気を失わせる。教員の中には「この大学の学生には、「優」なんか出せませんよ」と言うのもいる。それなら、「「優」が出せる大学にお移りになったらよろしい」のだ。「楽勝科目」も「激辛科目」も、実は根は同じではないかと、僕は疑っている。

学生による授業評価

一般的には、三割程度の学生に「優」を出すのが適切ではないだろうか。僕はそうしている。と言うか、一年間の授業の出来具合や学生の反応などを反芻しながら採点すると、二〇〇人の授業でも自然に「優」が三割になるのだ。自分でも不思議だが、なぜかいつもそうなのだ。(もしかすると、僕は天性の「教師」かもしれない! そう言えば、旧大蔵省で、ある資格の国語試験を三年ほど作っていたときのことだ。平均点は四〇点を目安にしてほしいと言われていたが、僕はふつうに問題を作ってふつうに採点して、いつも誤差一点以内に収まっていた。)ところが、学生の就職支援に熱心なことで有名な関西のある大学の書類を見たら、「優」の基準が五割となっていた。明らかに就職対策なのだが、これはやりすぎだ。

しかし、本当に正直なことを言えば、僕のように厳しい教員ばかりでは学生は潰れてしまうだろうとも思っていた。一週間のうちには、一息付ける「仏」のような教師や「楽勝科目」も少しは必要かもしれない。要は、程度問題なのだ。学生だってやりたいこと、やらなければならないことはたくさんあるのだから。

それでも、僕は僕の方針で授業をする。ただし、一定数の学生がついてきてくれる以上は、という条件付きである。僕の授業に学生がまったく来なくなれば、その分ほかの教員に負担をかけることになるからだ。これは職業人としてのモラルの問題だろう。そのくらいの判断力は、僕にもある。僕が学生の頃には、成城大学にはラテン語の授業がないことを知っていてわざとラテン語の文献を教科書に指定して、毎年学生がゼロになるように仕組んでいたらしい(その世界ではものすごく評価の高い)ベテラン教員もいた。こういうのは論外だ。

ただし誤解のないように繰り返し付け加えておくと、成城大学文芸学部の授業は全体的にはかなり質が高く、良心的だったと断言できる。

たとえば、文芸学部では一部の保守的な教員の反対を受けながらも、他学部に先駆けて一九九九年度から「学生による授業評価」を導入した。「もっぱら授業改善のためであって、教員の業績評価には含めない」という条件だった。「学生による授業評価」に関しては、最近東京大学での報告を読んだが（石浦章一『東大教授の通信簿』平凡社新書、二〇〇五・三）、驚くべきことに「総合評価を見ると、大変満足、ほぼ満足、普通である、を加えて八割を超す学生が授業に満足しているという結果が得られました」と書いてあるではないか。「普通である」を「満足」に加えるのは、イカサマではないだろうか。

文芸学部業績評価小委員会の一メンバーとして成城大学ではじめての「学生による授業評価」導入の準備をし、教授会の了解を取り付け、文芸学部業績評価起案委員会の一メンバーとして「学生による授業評価」のアンケート項目を作成し、文芸学部業績評価委員会の一メンバーとしてそれを実施した僕が、行きがかり上最初の報告書を書いた。（こういう委員に次々と選ばれてしまったのは、僕に「改革派」というイメージがあったからだろう。）僕の書いた一万字程度の「学生による授業評価」調査結果報告」の一部はこんな具合だった。（これは、後に学園誌『成城教育』に掲載された。）

今回の調査では、「チ　全体としてこの授業に満足していますか」が、データ解析全体における機軸となる。そこで、まずこの項目のデータを報告しておきたい。「満足27％、かなり満足32％、普通28％、やや不満10％、不満3％」（原則として小数点以下四捨五入、以下同様）

である。このデータから見ると、「かなり満足」と「満足」を足すとほぼ60%になる。六割は満足していると捉えて喜ぶべきか、四割は満足していないと捉えて悲しむべきかは、現在のところ判断できないが、「やや不満」と「不満」とを足しても13%にしかならないところを見ると、文芸学部の授業は基本的には成功していると考えてよさそうである。

謙虚なものである。

東京大学で「普通である」がどのくらいの割合かわからないが、もし成城大学文芸学部も東京大学のように「普通」と答えた学生まで「満足」に組み込んだなら、「満足」は合計で87%になる。東京大学方式ならば「九割近くの学生が授業に満足しているという結果が得られました」と報告していいことになる。つまり、成城大学文芸学部ではそのくらいの満足度のある授業を学生に提供していたのである。

大学生には躾も必要だ

僕は、いわゆる躾にも厳しい。いずれも当たり前のことばかりだ。

教科書を忘れた学生は退場させる。忘れたことに気がついたら、図書館に走って借りてくればいいだけの話である。小さい大学だから、時間はかからない。

授業中に逃走した学生、代返をした学生は必ずつきとめて、名簿から削除する。

ある時、出席を取っている途中で、一人の学生が複数の代返をしていることに気づいたが、そのまま最後まで平然と名前を読み上げた。そして、「代返があったようだから、もう一度出席を取ります」と、今度は挙手をさせて出席を取り、一気に八人名簿から削除したこともある。「一網打尽」という四字熟語は、こういうときのためにあるのだろう。

次は、いま勤めている大学の話。板書をはじめると逃げる学生がいることに気づいて、もう一度出席を取った。それは二百人の講義科目で、ティーチング・アシスタントが出席カードで出欠を取っていた。実は、「もう一度出席を取ります」と宣告して、僕が出席カードを取りに行っているうちにあわてて席に戻ったらしいことはわかっていた。でも、知らん顔をしてもう一度出席を取った。そうしたら、授業が終わったあと、その学生が「あれは私です」と申し出てきた。きわどいところで、彼女の良心が仕事をしたのだ。

「君が席に戻ったことはわかっていたけど、あえてもう一度出席を取ったんだよ。君には単位は出せないが、自分から申し出たことはよかった」と話すと、泣きじゃくりながら「せっかく大学に入ったのに、最近の自分は何やってるんだろう、どこまでダメになっていくんだろうと怖かった。これからは、心を入れ替えます」と言った。そして、少し話をして帰っていった。たぶん、その学生は僕が無意味な出席の再確認をしている間中、針の筵《むしろ》に座っている感じを味わっただろう。それだけでも充分だと思ってしたことだが、彼女の良心に働きかけることができて、十二分に元は取れた。しかし、もちろん単位は出ない。

話を成城大学に戻そう。

ある教員は授業中トイレに行かせないとかで、学生は「人権侵害だ」と怒っていた。最近は、生理的頻尿を抱えている学生やおなかをこわす学生も少なくない。僕にもその傾向があるから、そういう時の辛さはよくわかる。学生の言い分は、当然だろう。そこで、僕の場合はこうなる。

「トイレは生理現象だから、どうぞ行ってらっしゃい。ただし、これはパフォーマンスが大切で、それとなく一目でトイレに行きたそうな仕草をしなさい。そして、黙礼でもしてトイレに行きなさい。ただし、必ず戻ってらっしゃい。

三〇分以上の遅刻は入室を禁じます。ただし、電車の遅れなど特別な事情があった場合は別です。その時は一目でそれとわかるパフォーマンスを……（以下、省略）。

特別な事情がない限り、教室内では帽子は取りなさい。ここはスタジオではありません。それに、君たちはスマップでもないし、安室奈美恵でもありません。」

授業中は、携帯電話は鳴らさせない。鳴らした場合は即退場を命じ、その日は欠席扱いとする。これも、当然のルールだ。ただし――ここが難しいところだが、携帯電話はどこでも使えるところに特徴がある。そこで、僕の授業でのルールはこういうことになる。

「特別な事情がある場合には、マナー・モードにして受信することは認めます。たとえば、卒業年次生で内定の連絡が入る可能性が高いとき。家族に病人が出て、病院から連絡が入りそうなとき。また、霊感が働いて今日は大切な電話があると思われるときなどです。こういうときには、必ず授業の前にマナー・モードにする旨を申し出て、もし授業中にかかってきたら、僕に黙礼をして一目でこれから携帯に出ますとわかるようなパフォーマンスをして、そっと廊下に出なさい。何事もパフォーマンスが大切なのです。」

こんなことを言っていると、さすがにたいていの学生はニヤニヤし始める。

でも、当方はいたって真面目。実際、二週間続けて携帯をならした一年生の学生を名簿から削除したこともある。こういうときは、一年生はまだ大学というものがわかっていないから、担任に泣きついたりするものだ。もちろん、中学や高校ではないから何の効果もない。そんなことで科目担当者に圧力をかける担任やゼミ担当者は、成城大学にはほとんどいない。卒業がかかっていたりすると父親がしつこく口を出して来る大学もあるが、成城大学は違う。この学生はほかの単位もたくさん落として、翌年には中退した。躾が身に付かない学生によくある末路である。

君たちは大学生だよ

最近の学生は、出席を取らないと不満を言う。そこには、ある種の勘違いがある。

成城大学では授業に三分の二以上出席しないと単位を与えない旨の規定があった。これも、厳格に履行した。ただしその条件を満たしてさえいれば、出席数を点数換算したりはしなかった。規定の範囲内なら、学生には欠席する権利があると考えていたからだ。ただ、全出席した学生には学年点に10点加点した。これは、全出席さえすれば単位が貰えるということではない。全出席をしても、試験の出来が悪ければ単位は出ない。しかし、全出席すればお情けで単位は貰えると思い込んでいるお目出度い学生は、意外に多いものだ。これが勘違いなのである。ここは「大学」だよ。

「大学」と言えば、いまの学生は放っておくと自分のことを「生徒」と言う。まず、八割程度の学生がそうだと見てまちがいはない。「大学生」になった自覚がまったくないのだ。だから、幼稚なこと甚だしいのである。僕は、そういう学生を目の前にするとすごく不機嫌になる。「君たちは「大生徒」なの？　「大学生」じゃないの？　自分のことぐらいちゃんと「学生」と言いなさい！」と叱りとばすことにしている。

こういう幼稚さは、権利意識にも現れる。非常勤先でのことだが、あるとき前の週に休んだ学生が授業の後にやって来て、こう言うのだ。

「先週休んだんですけど、私が休んだ分はどうやって補ってくれるんですか？」

ばっかじゃなかろか。まるで小学校一、二年生程度の精神年齢だが、嘘ではない。本当の話だ。僕は、プチッとキレた。

「あのね、先週休んだのは僕が君に頼んで休んで貰ったんじゃないよ。君が勝手に休んだんでしょう。それをどうして僕が補わなきゃならないの？　僕は授業一回分しか給料は貰ってないんだから、勝手に休んだ学生のために手当なんかするつもりはないよ。君の責任で、友達にでも聞きなさい。」

バカバカしいと思われるかもしれないが、こういうことをきちんと言っておかないと、大学でも「学級崩壊」が起きることがある。何しろ相手は「生徒」なのだから。もっとも、教員の側に問題がある場合もある。

ある授業に出た僕のゼミ生が怒っていた。話を聞くと、完全な「学級崩壊」である。六〇人程度の授業なのに、私語がひどくて教室の後ろでは教師の声が聞こえない。普段は「仏」とか「天然ぼけ」とか思われているその教員が「てめーら！　静かにしろ！」と怒鳴っているが、まったく効果はない。その上「携帯を受信するならまだ許せますよ。でも、発信してる学生がいるんですから！　しかも「今日は出席取らなかったから、これからそっちに行くわ」って！」。教員が「本気」で授業をしているかそうでないかは、学生にはすぐにわかるものなのだ。

なぜ、こんなに厳しいのか

僕はなぜこんなに躾に厳しいのか。理由は、二つある。

一つは、学生を放っておけば、卒業論文のテーマさえ自分で決められなくなることが、経験的にわかっているからである。僕は学生に卒業論文のテーマを自ら選ばせるために、三年計画を立てている。どんなに学生に嫌われようとも、一年生には大学生としての身体技法を身につけさせ

（と言うとカッコイイが、要するに躾である）、二年生になってからは大学生としての発想法とそれを説明する言葉の体系を学ばせ、三年生では自分の立っている位置を確認させるために文学理論を学ばせ、そこでやっと「自由」を与えることができる。いまや、成城大学でも「自由」は何の前提もなく成立するものではなくなっているのだ。

学生が自分で卒業論文のテーマが決められない……、もし自分のゼミ生がそういう状態だったとしたら、それは自分が教師として手抜きをしてきた結果なのだ。よく「いまの学生は私語が多くて困る」などと不平を鳴らす大学教員もいるが、愚の骨頂である。自ら教師失格を言い触らしているようなものだ。卒業論文のテーマを決められないゼミ生を生みだしている教員にありがちなことである。楽勝科目だからゼミが満杯などという恥ずべき事態は、もうなくさなければならない。

もう一つは、学生をできる限り四年間で卒業させたいと思っていたからである。一年で躾が身に付かなかった学生の多くが落第することは、経験的にわかっていた。いま勤めている大学では「今年は就活（就職活動）がうまくいかなかったんで、来年五年生をやります」と、いとも簡単に自主的に落第する。なるほど、自分の意思で落第するのは自由だ。「自己責任」の範囲内であることは明らかである。

しかし、成城大学クラスの大学ではその自由が命取りになる。落第すればまずまともな就職は望めないのだ。成城大学は落第する自由を行使できる大学ではないのである。そういう厳しい現実を、一年生はまだ知らない。だから、たとえ「鬼軍曹」のようであっても、一年生には特に厳しく躾をしなければならないのである。もちろん、学年が進むにつれて少しずつ手綱を緩めることは忘れない。

作者に言及しないルール

その年の近代国文学演習Ⅰでは、一年かけて夏目漱石の『三四郎』を読むことにしていた。一年を通して『三四郎』の作者夏目漱石には言及しないというルールも作った。これには教育上の意味と、研究上の意味とがあった。もちろん、この二つは密接に関係している。

教育上の意味から説明しよう。

たとえば、『漱石全集』から『三四郎』に関係がありそうなところを引き抜いてきて『三四郎』を論じることは、研究でも現実に行われている。しかし、これでは作者から解釈コードを貰って『三四郎』を読んで済ませることになる。学生が自分で解釈コードを探して読まなくてもいいことになってしまうのだ。学生が「自分の力」で小説を読むということは、そういうことではない。自分で解釈コードを探し、その解釈コードを使って目の前の得体の知れない小説テクストを「自分の言葉」で語り直すことが、「自分の力」で読むことなのだ。学生にはそれを学んでもらいたいと思っていた。

この「語り直し」のことを、僕は「翻訳」と呼んでいる。それは「自分の読み」を形にすることである。しかも、小説テクストは、小説テクストをそれとは異なる言葉の体系に「翻訳」することで、はじめて「自分の読み」を他人に伝えることができる。それが、読みの「個性」を他人に認めさせることではないのか。これは、知的なコミュニケーション能力を身につけることだと言っていい。だから、教育には是非必要な過程なのである。しかし、小説テクストは多様だ。したがって、大学では解釈のコードをできるだけ多く身につける練習をする必要がある。その手助けをするのが、僕の仕事だ。

国文学科を卒業したほとんどの学生が国文学とは無縁の職業に就く現実を前にして、国文学の教師として学生たちに何ができるのかと考えたときに、こういう方法が有効だと確信したのだ。なぜなら、この方法は世界というテクストを自分の解釈コードを使って自分の言葉に「翻訳」することで、それを他人に伝える知的なコミュニケーションに応用可能だからだ。これは社会人の基本ではないだろうか。また、世界を自分のコードで解釈することは、自分なりの世界観を持つということである。それが「個性」というものである。その「個性」が、社会の中で自分の「商品価値」になるのではないだろうか。

だから、近代国文学演習Ⅰでは現在流行のカルチュラル・スタディーズの方法も採用しなかった。近代文学研究で行われているカルチュラル・スタディーズは、昔の資料をたくさん使って「文学」というジャンルの意味を時代状況の中で論じるものがほとんどだ。その結果、資料収集とその羅列が「研究論文」となっていた。一つ一つの文学テクストを「読む」仕事が、なおざりにされているのである。それは学部の二年生に適切な勉強とは思えなかった。繰り返すが、学部の二年生ならまず「自分の力」で小説を読む能力を鍛えるべきだ。もちろん、卒業論文の段階になれば、カルチュラル・スタディーズでもいっこうにかまわない。

研究にもモードがある

次に、研究上の意味を説明しよう。

僕の研究方法は、文学研究上「テクスト論」と呼ばれている。作者とテクストとを切り離して論じる方法である。僕がまだ若い頃、漱石研究の専門家から「漱石全集を隅々まで読み込むのが、研究者の仕事だよ」と諭されたことがある。「テクスト論」に突っ走る僕を心配して、アドバイスをしてくださったのだろう。しかし、その時はそんな『漱石全集』が一組あればできるような「研究」なんてまるで素人のようなものではないかと、従来の研究にかえって反発を強めたものだ。実は「読み込む」といっても様々なレベルがあるのだから、僕の反発は底の浅いものだったが、従来の研究にはもっと根本的なところで疑問を抱かざるを得なかった。

厳密に考えてみよう。仮に漱石の書簡に「『三四郎』はかくかくしかじかの意図で書きました」とあったとして、はたしてそれを「漱石の意図」と認めていいものだろうか。単純に考えて、漱石が嘘をついた可能性を完全に否定することはできないだろう。しかし、嘘か嘘でないかは証明が難しいことだから、仮に嘘でなかったとしよう。それでも、次の問題が待っている。書簡を書いた時間と実際に『三四郎』を書いている時間との間には、タイムラグがあるのだ。

言うまでもなく、書簡と『三四郎』とを同時に書くことは物理的に不可能だ。書簡を書いたときの言葉を「漱石の意図」と認めるか、それとも実際に『三四郎』を書いているときの意図を「漱石の意図」と認めるかは、決着のつかない問題だろう。それに、実際に書いているときの意図は、『三四郎』というテクストを分析しない限り、導き出せない。と言うことは、読者ごとに「漱石の意図」が違ってきてしまうということである。なぜなら、『三四郎』というテクストの分析から導き出された「漱石の意図」は、読者の「読み」から逆算されたものにほかならないからだ。

近代文学研究では、たとえば書簡に書かれた漱石の意図を「作者の意図」と考えてきた。しかし、書簡に書かれた意図は、書簡に書かれた意図以上でも以下でもないのだ。それを『三四郎』の読み方を規定するような「作者の意図」と考えるのは、研究上の「お約束」にすぎない。そんな単純なことが、十分に理解されていなかったのである。少し難しく言えば、書簡に書かれた意図を「作者の意図」と考えようという「お約束」を、作者の真実の意図として「実体化」してしまったのである。つまり、あるルールによって作られた説明の体系を、事実だと思い込んでしまったのである。あるいは、物語を本当だと思い込んでしまったのである。

さすがに現在ではこういう素朴な形で「作者の意図」を信じる研究者はほとんどいなくなった。だから、そういう時代遅れの方法を教えるのは、研究者の良心が許さなかったのである。

もちろん僕だって、「作者の意図」がわかると信じて、自分だけの「作者の意図」通りに読む読み方を否定しているわけではない。それはいわば趣味の問題なのだから、そうしたい人はそうすればいい。「作者の意図」は「真実」だと宗教のように信じている人を、「それはお約束にすぎない」と説得することは難しい。しかし、逆に考えれば、所詮は趣味の問題にすぎないとも言えるのだ。つまり、こういうことだ。ルールがある以上ゲームに参加するのは自由である。しかし、僕はそのルールではゲームに参加しないし、そのゲームを時代遅れだと判断しているということなのだ。そういう立場から見れば、「作者の意図」は唯一の「正しい意図」ではないのである。

読者は研究者に「作者の意図」を教わらなくても自由に読んで、楽しむ権利がある。「作者の意図」通りに読まなければならない理由など、どこにもない。そうしたい人が、そうすればいいだけの話である。それが、小説というジャンルの社会的な位置づけだろう。僕は何も「法律の条文は自由に読む権利がある」などと言っているわけではない。文学というジャンルだから「自由に読んでいい」と言っているのだ。それが、現代社会の「お約束」ではなかったか。

こう考えて、僕は近代国文学演習Ⅰにおいては「作者」に言及することを禁じ手にしたのである。こういうことも、はじめにきちんと話しておく。もっとも、そのことの意味は、少なくともプレ・ゼミナールで文学理論を学ぶまでは十分には理解できないだろうが。

本を求めて街に出よう

真っ当な文科系の大学生になるためには、大学図書館はもちろんのこと、書店が好きにならなければならない。好きにならなくても、使いこなせなくてはならない。図書館は「過去の本」がある場所で、書店は「現在の本」がある場所だからだ。

これは、せめて半月に一回は大型書店に行って、「書物のいま」を肌身で感じてほしいということである。せっかく東京二三区内にある大学に通っているのだから、これをやらない手はない。

いまは、書店が好きでしょうがないという少数の学生と、あまり書店には行かないという多くの学生とに、極端に分かれる傾向にある。そこで、世の中ではいまどんな本が関心を持たれているかを知っておくことは、文科系の学部に通う学生にとっては死活問題だと、少し脅かしておく。二一世紀のいまを生きているのに、その大切ないまに無関心では生きた研究はできないではないかとも言っておく。

できるだけいろいろな書店を回ってほしいと言っておくことも忘れない。なぜなら、ベストセラーはどの書店も同じような扱いだが、そうでない本をどういう風にディスプレイしてあるかによって、その書店の哲学やレベルがわかるからだ。書店にも個性がある。大きな書店でも手入れの行き届いていない荒れた棚は一目でわかるものだ。学生時代に、それが見分けられるような教養を身につけなければならない。そして最後に、リブロとジュンク堂がある池袋には必ず行くことと申し渡す。はじめて行った学生は、ジュンク堂の規模に腰を抜かすほど驚いて帰ってくるものだ。

次に、古本屋巡りを勧める。少なくとも神田神保町と高田馬場には行くようにと指導する。僕の学生時代には、家庭教師で稼いだアルバイト代と二種類の奨学金とで月に六万円以上の収入があったが、そのうち四万円は本代に消えていた。特に神保町に行くときには、あらかじめ左のポケットに帰りの電車賃を入れて、残りのお金を右のポケットに入れて、右のポケットが空になるまで本を買ったものだ、という昔話をする。学生はあんまり感動しない。しかし、例年「もう神保町には行きました」という学生が何人かいる。心強い限りだ。

そして最後に、こういうときの道案内のために大型書店の地図と神田神保町の地図のコピーを配る。その上で、次回までに『東京ブックマップ』（書籍情報社）を必ずどこかの大型書店で買ってくるようにと宿題を出す。こういうことを具体例を入れながら話すと、一回目の授業はたいてい時間いっぱいになる。

家に帰ると、喉がヒリヒリした。学期はじめには気分が高ぶるせいか、ついつい声を張り上げてしまう。それで、喉の弱い僕はヒリヒリ痛む。喉が出来上がって授業をしたあとにも痛まなくなり、また気分が落ち着いてふだんの調子に戻るまでに、半月以上はかかるものだ。小学校から高校までだと、これに「静かにしなさい！」が加わる。「電車の中で大きな声で話しているのがいたら、教師だと思っていい」などと言われることもあるが、教師に喉を痛める人が少なくないことは案外知られていない。喉が強くなければ、教師は勤まらないのである。

おやおや、彼がいるぞ

第一回目の授業に出てみると、おやおや見たような顔が二人もいたのだった。一人は三年生の長島健次だ。もう一人は四年生の木崎英雄である。木崎英雄はすでに僕のゼミ生だ。ところが、木崎はこの演習を取らないまま僕のゼミに入ったので、少し戸惑っていたのだろう。こうして基本から勉強しなおそうという心意気が感じられた。もう一人の長島健次もすでに僕のプレ・ゼミナールに所属していた。つまり、彼もすでに僕のゼミ生だった。しかし、彼の場合はもう少し複雑な事情があった。

長島はふつうなら成城大学へは来ないレベルの攻玉社という進学校の出身だった。ところが、僕が早稲田塾という予備校の学部案内ビデオに出ていたのを偶然見て、「ここだ！」と思って成城大学に来たのだと言う。その話を聞いて、僕は「騙してごめんなさい」という気分になった。それでも彼の意気込みは大変なもので、一年生の時から、二年生にならないと履修できない近代国文学演習Iに潜っていたのである。その時は漱石の『それから』を読んでいたが、一番反応がいいのがモグリの長島だった。僕がラファエル前派と口にするだけで、「それは、美術史上こういう位置づけだから、そういう解釈になるんですね」みたいなことを言うのである。これは大変な学生だと感心しきっていた。

ところが、やはり成城大学に飽き足らなかったのか、進学校出身のプライドが許さなかったのか、仮面浪人みたいにして、慶應義塾大学のSFCを受験して落ちたりしていた。ある時キャンパスを歩いている長島に出くわしたら、グレーのペンシルストライプのスーツを着て、上着のボタンをせずにヒラヒラさせて歩いていた。足元を見ると、雪駄である。まるでチンピラだ。もちろんこんな出で立ちの学生はほかに一人もいない。全身で「俺はこんなところにいる人間じゃないぜ」とアピールしていた。

「どうしたんだ？」と聞くと、「慶應のSFCで、AO入試を受けてきました。面接では石原先生の授業を受けているって、バッチリアピールしてきました」と、意気盛んである。僕の名前がSFCで通用すると思っているらしい。まだ「勘違い」から抜け出せないのだ。そこで、もう受かるつもりになって、上着ヒラヒラになったのだろう。もちろん、落ちたわけだ。そうして、二年生になってからやっと近代国文学演習Iに正規に登録して、参加しはじめたのだ。ところが、長島の場合はプライドが邪魔をして、どうしてもレポートが出せないのだ。その気持ちは、僕にも痛いほどわかった。

実は、こういう中高一貫の進学校から成城大学に来た学生の扱いが、一番難しい。「こんな大学に来ちゃった」という気持ちを引きずったまま、二年生か三年生になった頃にずるずる大学に来なくなってしまうケースが多いのだ。では、ほかの学生が成城大学が第一志望かというと、そういうケースはほとんどない。第三志望や第四志望あたりがふつうである。これは、毎年の新入生を対象とした学生生活調査ではっきり数字が出ている。この数字は、「学生生活」という学生向けのパンフレットにも公表されている。

それでも、入学して程なくほとんどの学生は「成城大学の学生」であることを受け入れるようになる。しかし、進学校出身という特別なプライドはそれを許さないらしいのだ。こういうところには、偏差値をとことん内面化してしまった人間の生きづらさがある。大人でもたまにそういう価値観を引きずっている人を見かけるから、二〇歳前後の青年にはそう簡単に引き受けられる現実ではないのだろう。

長島は慶應義塾大学受験という形で、自分のプライドにケリを付けようとしたようだった。しかし、ことはそう簡単に運ばなかったらしい。二年生になって近代国文学演習Iに正規に出席し始めたものの、レポートの時期になると出せなくなってしまうのだ。最初のレポートは遅れて提出した。これは事前にそれなりの理由を連絡してきたから、受け取った。しかし、二回目のレポートは理由なく一週間遅れた。僕はその場で、「君はもう来なくていい」と宣告した。長島は

文学理論と大学院

「申し訳ありません。この授業に最後まで出席させてください」と、みんなの見ている前で深々と頭を下げて僕に頼んだ。しかし、こういうときの僕は鬼だ。決して許さなかった。

僕には、長島健次がレポートを出せなかった理由はよくわかっていた。彼は自分のレポートがあるレベルに達していないことがよくわかっていたのである。だから、そういうレポートを提出することが、自分に許せなかったのだ。恥をかきたくなかったのに違いない。まだプライドが邪魔をしているのだと、僕にはわかった。だから、ここで許してはいけない。自分のプライドと折り合いをつけて、「この程度のレポート」しか書けない自分を自分として受け入れられない限り、長島は何度でも同じことを繰り返すだろう。僕は、何度でも「ダメだ！」と怒鳴りつけて、ついに諦めさせた。僕は心の中で「そのプライドと折り合いを付けてから出直してこい！　そうでないと、お前は一生不幸になるぞ！」と叫んでいた。

だから、三年生の長島健次が近代国文学演習Ⅰに参加するのは、三度目の正直だったのである。長島はすでに僕のプレ・ゼミナールに所属しているわけだから、木崎同様に同時履修となる。制度上は何もよりによって近代国文学演習Ⅰに再度登録しなければならない理由はない。ほかの演習科目を取れば済むことなのだ。それにもかかわらず今年も近代国文学演習Ⅰに登録した以上、長島健次にも心に期するものがあったのだろう。僕も一年間続いてくれと、祈るような気持ちだった。

前にも述べたように、一九八〇年代以降の人文科学は重装備の理論武装をした。文学研究も例外ではない。そこで、僕は三年生のプレ・ゼミナールでは文学理論をガンガン勉強させる。そして、習ったばかりの文学理論を使ってとにかく実際に小説テクストを論じさせる。生煮えでもかまわない。四年生になっても同じである。文学理論は学部生には難しいので、二年間繰り返すくらいでちょうどいいのである。ただし、担当する理論は三年生の時とは違うところを選ばせる。これで、少なくとも二つの理論には精通できる。三年生の時はまだ生硬な文学理論でしか小説テクストが読めなかった学生も、四年生になると自分の読みと文学理論との折り合いがつけられるようになりはじめる。

ただし、卒業論文は別だ。ほとんどの学生にとって卒業論文は生涯にただ一回の「作品」である。その大切な「作品」に、僕のやり方を押しつけることはしない。作家論が出てきても、カルチュラル・スタディーズが出てきてもまったくOKである。もちろん、優れていれば「A」をつける。

ところで、文学理論を授業で勉強させるようになってから、思わぬ副産物が生まれた。現代思想をベースとした文学理論を勉強すると、三年生の終わり頃から最先端の文学研究の論文が読みこなせるようになる。学生にはそれは大きな喜びに違いない。自分もこういう論文が書けるのではないか、いや自分もこういう論文が書きたいと思うようになるらしい。そこで、大学院志望者が毎年数名出るようになったのである。その結果、外部からの受験生も合わせて、僕の大学院のゼミはいつも十数名の大学院生で賑わっていた。

もっとも、僕は大学院に進学することがいいことだと思ってこう言っているのではない。大学院に進学したばっかりに茨の道を歩まなければならなくなることの方が、ふつうなのだ。だから、僕は個人的に大学院進学を勧めたことはただの一度もない。教員志望の場合には大学院に行かなければ専任職を得られる可能性はまずないという一般論を説明するだけである。逆に、大学院に進学したら教職以外の就職の道はほとんど閉ざされるということを付け加えることは忘れない。だからと言って、大学院進学を止めたりもしない。個別の判断は学生自身に百パーセントまかせることにしていた。どういう形であれ、僕などが学生の人生に介入する権利も義務もないと考えているからである。

世間では、指導教員に大学院進学を勧められたという話を聞くことがたまにある。そういう教員は、きっと学生のその後の人生に責任が取れるのだろう。僕にはそんな力も地位もない。だから、そんなことは決してやらない。

主に二年生が対象の近代国文学演習Ⅰでは、ゼミナールとは違って、まだ文学理論はいっさい教えない。「自分の力」で読む練習をするだけだ。そのことを通して、自分がいかに小説が読めないかを身に染みてわかって貰いたいからである。その一方で、「自分の力」で小説を読む喜びを十分に味わって貰いたいからである。

第四章　まず文章を書く練習からはじめる

まずは講義をレポートにまとめる

僕が教務部長になってからの近代国文学演習Ⅰでは、学生たちを新入生扱いしなければならなかった。そこで、その年ははじめに二回、僕が田山花袋の『少女病』（明治四〇年）という小説について講義をして、それに学生が自分の考えを加えて、二〇〇〇字程度のレポートにまとめる練習を導入にすることにした。年に四回使えるレポート・カードの一枚を、はやくもここで切ったのである。一年間の発表とレポートの水準を維持するために、テクスト分析の基礎を、できるだけ早く耳と頭と手を使って覚えてほしかったからだ。

田山花袋の『少女病』を選んだ理由はいくつかある。短篇小説であること。『三四郎』とほぼ同時代の小説であること。『三四郎』と同じように都市小説であること。主人公の女学生（高等女学校の女子学生）への眼差の分析が『三四郎』に応用可能であること。そして最後に、以前共同で注釈を付ける作業に加わったことがあるので、僕が資料をふんだんに持っていたことである。

田山花袋の『少女病』は、たぶん日本ではじめて電車の車内における視姦を書いた小説である。作者自身に擬した杉田古城という名の（言うまでもなく、この名は「過ぎ去った古い城」、すなわち「時代遅れの小説家」という寓意が込められている）主人公の中年男は、当時まぎれもなく郊外だった千駄ヶ谷に住んでいた。そこから甲武線（現在の「中央線」）で代々木からお茶の水まで出たあと、路面電車の外濠線に乗り換えて都心（神田錦町）にある雑誌社まで通勤している。小説家としては食べていけないので、ある雑誌社に勤めていたのである。その通勤途上の甲武線の車内で女学生を密かに視姦することが、この男の唯一の生き甲斐となっていた。

彼は、千駄ヶ谷、信濃町、四谷、市ヶ谷、牛込、飯田町と、どの駅でどんな女学生が乗り込んでくるかをよく覚えていて、それを楽しみにしていたのだ。そのことを記述する小説は、さながら駅巡りが女学生巡りに取って代わられたような様相を呈することになる。

明治の初め頃には、東京はまだ「下町」と「山の手」という二分法が大きな意味を持っていた。下町に住んでいるならこういう階層でこういう人柄だろうとか、山の手に住んでいるならこういう階層でこういう人柄だろうとかいった具合に、下町や山の手という言葉にさまざまな意味が纏わり付いて、独特なニュアンスを持って語られていたのである。こういう状態のことを、専門的には「下町と山の手という二分法が記号論的価値を持っていた」と言う。

ところが明治も終わり近くなると、市街電車の発達によって下町と山の手の行き来が便利になったために、下町と山の手という二分法が曖昧になり始めた。それに代わって、東京を市内と郊外とに切り分ける二分法が人々に強く意識されはじめたのである。特に、甲武線の電化と複線化によって、郊外の開発がいっきに進んで、杉田古城のような新興の中流サラリーマン層が多く住み着くことになったからである。

市内は、山の手も含めて、すでに開発が一通り終わっていたから、中流サラリーマンが住める場所ではなくなっていた。その結果、郊外に住んでいるなら中流サラリーマンといった先入観が人々の間に広まることになる。これは「市内と郊外の二分法が記号論的価値を持った」ということになる。

この新しい二分法の目印となった境界線が山手線だった。山手線の内側なら市内、外側なら郊外である。（ただし、山手線が現在のような完全な環状線になるのは大正一四年である。）だからこの小説は、そのことを強調するかのように「山手線の朝の七時二十分の上り汽車が、代々木の電車停留場の崖下を地響きさせて通るころ……」と書き起こされるのである。

杉田古城が、帰宅途中に甲武線の電車から転げ落ちて、上りの甲武電車に撥ねられて一命を落とすというのがこの小説の結末である。これこそが「市内と郊外の二分法が記号論的価値を持った」何よりの証拠ではないだろうか。杉田古城の死は、あたかも郊外の人間が市内に無遠慮に侵入したことを罰せられたようなものではないか……。

『少女病』にはこうしたさまざまな二分法が仕掛けられている。その二分法を拾い集めて、こういう風に二項対立を組み合わせて小説を読むのは、テクスト分析の基本だと言える。これは構造分析と呼ばれる方法だ。その方法がみごとにあてはまるという意味でも、『少女病』は近代国文学演習Iの導入には打ってつけの教材なのである。

ここで、それでは方法に合わせて教材を選んでいるだけではないかという疑問を持つ読者がいるかもしれない。その疑問には、その通りだと答えておこう。大学での文学教育にはそれが必要なのだ。アメリカの大学ではティーチャブル（教えやすい）という言葉をさかんに使うらしい。方法を学ぶにはそれに見合ったテクストを選ぶのは当然なのである。

その点、日本の大学の文学教育は方法意識が希薄なので、ティーチャブルなどと言うと、ご都合主義のように響いてしまう。「聖なる小説が方法の下部になるなどもってのほかだ」と口にはしないものの、心の中ではそう思っている教員は多いと思う。そこで、多くの教員は自分の関心のある小説だけで授業を行うことになる。結果として、学生には方法意識が身に付かないのである。それは、あまり知的な教育とは言えないだろう。

ところで、このレポートの提出日になって、村岡順子がこんなことを言ってきた。

「先生、レポートはできているんですけど、まだ印刷ができていないので、今日、放課後になってから提出してもいいでしょうか。」

「どうして？　だって、今日の授業が終わったら提出することは前から言ってあったことだよ。」

「あの、大学のコンピューター室が満員で、印刷できなかったんです。」

「ん？　どういうこと？」

「私はお金がなくて、まだプリンターが買えないんです。」

「ありゃ、そうなんだ。」

「私は、石原先生の『教養としての大学受験国語』一冊を握りしめて、福島から上京して来たんです。プリンターはビックカメラのポイントを貯めて買いますから、よろしくお願いします。」

「そっか。じゃぁ、しょうがないね。必ず、今日中に研究室に持って来てよ。」
「ハイ！　ありがとうございます！」

僕は大学受験国語の解説書を書いているから、こういう学生はたまにいる。それに最近は、どこの大学もコンピューター室を充実させているから、印刷はそこでするると決めていて、プリンターを買わない学生が増えてきた。それにしても、お金がないのにどうやったらビックカメラのポイントを貯めることができるのだか、摩訶不思議である。その魔法の方法を聞くのを忘れた。

二年生でもうここまで書ける

学生たちは、僕の講義をどんな風にレポートに仕立て直したのだろうか。はじめに、英文学科から近代国文学演習Ⅰを取りに来た二年生の中田麻里のレポートを見てみよう。

境界線を行き来する視線の行方――『少女病』より――

中田　麻里

この小説には〈市内／郊外〉、〈新しい／旧い〉、〈見る／見られる〉などといった、この時代に生まれた新しい近代的な概念と、旧来の概念の二項対立が溢れていて、「男」が旧い概念を背負いながらもその〈境界線〉を越えようとすることで罰せられる話である。つまり、〈境界線〉の行き来が物語を構成しているのだ。ここでは、〈見る／見られる〉という〈視線〉の〈境界線〉を中心に「男」を始めとする登場人物、また語り手の〈視線〉について考えてゆく。

「男」は毎日同じ時刻に同じ道を同じ格好で同じように歩いて行く。毎日が「例のごとく」であり、この「男」自体は変わらない単調な存在である。しかし、その単調な「男」は〈郊外／市内〉という〈境界線〉を越えて市内に突っ込んでゆき、対立を越えてゆく存在になるのである。

「男」は若い女に憧れながら市内へと出掛ける。「沿道の家々の人」にとっては珍しいものという興味の対象、そして「その姿を見知って」生活を視線で追うことで時計として自らの生活の時刻を得るための〈見られる客体〉としての存在であるその「男」は、市内へと近づくにつれて、若い女を見ることで愉快になり悦びを感じるという〈見る主体〉へとその〈境界線〉を越えて変化してゆく。

「男」は「娘の方《かた》を見たが、娘は知らぬ顔をして、あっちを向いている……見ぬようなふりをして幾度《いくたび》となく見る、しきりに見る……女の後ろ姿に見入った」というように、今までの〈見られる客体〉とは逆転した立場を楽しんでいる。さらに「無言の自然を見るよりも活《い》きた人間を眺めるのは困難なもので、あまりしげしげ見て、悟られてはという気があるので、傍《わき》を見ているような顔をして、そして電光《いなずま》のように早く鋭くながし眼を遣う」と言うように、〈眺める〉、〈見る〉という対象の逆転にまで至っている。すると、こうした〈視線〉の変化はこの「男」にとってどんな意味を持つものなのだろうか。

「男」はその〈見る〉という快感に魂を打ち込んでゆくようになる。それは〈見る〉こと、そして「とりとめもないことを種々《いろいろ》に考える」ことに費やされるのみで、ただそうすること自体に快楽を見いだし、そこに「生命」を求めてゆくのである。

だが、「男」にも欲はある。女の「その家、その家庭が知りたく」なったり、「あの娘、己《おれ》の顔を見覚えたナ」とたまらなく嬉しがっていることからも、憧れて〈見る〉若い女から自分が〈見られる客体〉になりたがったりしていることがわかる。しかし結局のところ、欲を解放するわけでもなく「どうのこうのと言うのでもない」のである。そこには「男」にとっての〈境界線〉が存在するからなのだ。

「男」は、女と自分との距離を隔たれた世界として捉え、その間に存在する〈境界線〉を十分に感じている。この「男」は若い女を〈見る〉ことで現在の自分を悲しみ、女に憧れることで青春をなつかしみ、憧れること自体に嬉しさを感じる。全てが若い女と現在の自分とは隔たれた世界に居るのだという認識の上に成り立っている感情である。「若い女などは昼間出逢っても気味悪く思うほど」のこの「男」は、その隔たりを越えたいという欲を、自分の居る世界、つまり老いや家庭、生活のためのつまらない仕事など、自分を取り囲む現実という〈境界線〉を以って遮り、隔たりを再確認するのだ。だからこそ「どうのこうのと言うのでもない」のである。

けれどもその隔たりは少女への憧れをいっそう駆り立てるものなのである。自分は憧れの対象とは隔たった世界に居ると自らを閉ざし、現実を嘆くからこそ、いっそう「男は少女にあくがれるのが病であるほど」（1）〈境界線〉を越えることを望み、憧れてしまうのである。語り手が言うように「若い女に憧れるという悪い癖」の悪循環だ。こうして「男」は市内と郊外の〈境界線〉を越えようとするにつれて、〈見られる客体〉から〈見る主体〉へと〈境界線〉を越えて、憧れと現実の〈境界線〉を彷徨《さまよ》いだすのだ。

「男」のその「生命」を求めるまでの〈視線〉そのものはどう注がれているのだろうか。文中には「若い美しい女を見ると、平生は割合に鋭い観察眼もすっかり権威を失ってしまう」とある。しかし、「リボンがいつものと違って白い」、「耳の下に小さな黒子《ほくろ》のある」、「白足袋をつまだてた三枚襲《がさね》の雪駄」など鋭い観察眼である事が窺える箇所が数多く点在している。すると、この観察眼は果たして「男」のものだろうか疑問である。語り手の〈視線〉の鋭さではないだろうか。

語り手は冒頭から「男」を傍観している。そして近郊の地を高いところから眺めるようにつづる。この小説は、語り手が「男」とそこに起こる出来事を解説するように進んでゆくが、時折語り手が「男」の心情を語るような場面が出てくる。また、ついさっきまで傍観しているようだったり、心情を推測しているようだったりする語り口調が、急に「男」の位置に立って主体的な語り口調になったりする。つまり、「男」の「権威を失ってしまう」観察眼は、語り手の鋭い観察眼を通して権威を保った形で読者に語りかけられているのである(2)。

　そこで注目すべきは杉田古城の呼称が変化している点である。語り手が彼を傍観し解説するときには「男」、その個体を単に表すときには「主人公」、千駄ヶ谷を過ぎていつもどおりに少女を〈見る〉ことの「極楽境《パラダイス》」の快楽や、美文新体詩を作ることの快楽を感じるときは「かれ」、仕事に接するのは「先生」であり、上司との関係に現れるのは「杉田」、そして最期には「一塊物」というぐあいに、語り手が捉える杉田古城によってその呼称が変化しているのである(3)。

　こうして語り手の古城に対する捉え方の変化によって、古城の〈視線〉も変化を伴っているのだ。つまり、今までに述べてきたような〈見られる客体〉から〈見る主体〉への変化や様々な二項対立は、この語り手から変化されてゆく〈視線〉と共に〈境界線〉の行き来を繰り返しているのである。

　古城の最期は、新しいものに憧れ、〈境界線〉を越えようとする「一塊物」として無惨な姿で描かれている。ここへ来て様々な〈境界線〉を越えようとする古城が、重大な罪を犯したと言わんばかりに罰せられるのだ。作者は、この時代に初めて生まれた厳しい〈視線〉を、またその〈視線〉を通して描くことで旧いものが新しいものに憧れを抱く一手段として罰し、この様々な〈境界線〉を越えるという押し寄せる近代化に対する不安である一面を排除しようとしたのである。

(1) 小林一郎『田山花袋研究―博文館時代(二)―』(桜楓社、一九七九・二)。
(2) 前出『田山花袋研究』
(3) 宮内俊介他『短編の愉楽1 近代小説のなかの都市』(有精堂出版、一九九二・四)。

このレポートを一読してすぐにわかることは、僕が講義した複数の二項対立の図式を一つに絞り込んで論を組み立てようとする姿勢である。やや生硬なところがあるが、二年生にしては論文のための文章もほぼ出来上がっていて、大きな乱れもない。そこで、僕のコメントはこんな具合になった。

授業で示した複数の二項対立を一つに絞り込んで分析したところがいい結果を生みました。ただ、人称のところも〈見る/見られる〉という分析コードでもっと(やや強引でも)詳しく分析できたのではないかと、そこが惜しまれます。

二項対立を使って構造分析するときのポイントは二つある。一つ目は、小説中の様々な要素をいかに上手に対立する二項に振り分けることができるかにある。意外な対立項を発見することは、構造分析を面白くする。二つ目は、対立する二項の「境界線」がどこにあるか、そしてそれがどういう風に機能しているかをつかむことにある。

中田麻里にこの二つが十分に書けているわけではないが、特に「境界線」に注目することで、分析を成功させたのである。彼女は、『少女病』の主人公杉田古城と少女という二項の間に「境界線」があって、杉田古城は「境界線」のこちら側から「見る主体」でいたいのに、いつのまにか「境界線」の向こうにいって「見られる客体」になってしまう。つまり、「境界線」を挟んで二項の間を彷徨うのだ。そこで、「境界線」自体が不安定な状態になる。それは、「語り手」が杉田古城を書く書き方によっているのだと、どうやらそう言いたいらしい。

このレポートのポイントは、「境界線」の機能と「語り手」とを結びつけて論じようとしたところにある。そこにオリジナリティーがある。だから、こういうコメントになったのである。

ここで「語り手」という用語について説明しておこう。

小説にはもちろん「作者」がいるが、「語り手」は「作者」ではない。文章を統括している抽象的な主体のことである。一時期、研究者にも「語り手」と「作者」をほとんど同一の概念のように使って論じた人たちがいて、混乱を生じたことがある。そこで、「同じ概念ならわざわざ「語り手」などという必要はない。いままで通り「作者」で十分ではないか」という批判を生んだのである。しかし、この二つは明確に異なった概念である。

たとえば、小説中に次のような文章があったとしよう。

杉田古城は芳子が部屋に入ってくるのを、部屋の中でじっと見守っていた。

これは小説中の文章なのだから、「見守っていた」とあっても、「作者」が「部屋」の中にいて「芳子」を「見守っていた」はずはない。それでは、生身の「作者」が小説中の一場面に登場したことになって、現実と小説の世界とを混同した滅茶苦茶な読み方になってしまう。しかし、「芳子」を「見守っている」杉田古城の姿を部屋の中で見ていて、それを「読者」に報告している「主体」が小説内に存在することも事実だ。その「主体」は姿もないし、ほとんどいないに等しい。たとえて言えば、面積がなく位置だけがある数学上の「点」のようなものだ。そう考えてみれば、この一文の「語り手」は、姿や形はいっさい見えないが、部屋の中である位置だけは占めていることがわかる。文学研究では、こういう風にテクスト内に位置だけは占めていて、姿形のない抽象的な「主体」のことを「語り手」と呼ぶのである。

中田麻里は「語り手」という術語をほぼ正確に使っている。その意味でも、二年生として高級なレポートだと言える。ただ、その「語り手」と「境界線」との関係が明らかにされなかった。「語り手」がこの小説中でどのような位置を占めているかというところまで、論じてほしかった。だから、コメントの後半が今後の課題となったのである。もし『少女病』の授業を続けるのなら、次のレポートのために参考文献を指示した上で、この部分をもっと書き込むように求めただろう。

もう一つこのレポートの優れたところは、テーマを一つに絞ったところにある。与えられた枚数とテーマとの関係が正確に測定できることは、よい論文の書き手となるために一番大切な条件である。どのくらいの大きさのテーマにすれば、与えられた枚数の中で十分な密度で論じられるのか。たとえば、僕が講義で示したすべての二項対立を取り上げたら、原稿用紙二〇枚以上の分量は必要になっただろう。もしそれを五枚程度で書いたら、ほとんど箇条書きに近いものにしかならなかったろう。実際、相互の関連を論じることなく、数個の二項対立をただ並べただけのレポートもあった。それでは、まともなレポートとは言えない。

やりたいことがたくさんあっても、それを一つに絞り込まなければまともなレポートにはならない。つまり、諦める勇気が必要なのだ。大学院生クラスでも、これはなかなかできないことだ。調べたことや考えたことをすべて書き込んでしまって、テーマがぼやけてしまうことが少なくないのである。中田麻里は、二年生にしてもうそれができたわけだ。今後が楽しみだと思った。そこで、僕はこのレポートには八〇点を付けた。

彼女に文学理論をガンガン教えている「文芸学部で一番厳しい教員」の話によると、中田麻里はすでにダンスで自活していて、学費も自分で払っていると言う。どうりで、実力も根性もほかの学生とは違うと思った。スタイルも抜群にいい。もうすっかり「大人」なのだ。僕の演習は、その教員の薦めで履修することにしたそうだ。僕も、ゼミ生には他学科の信頼できる教員の授業を取るように勧めることがある。こういう風に、他学科の教員と連係プレイをしながら学生を育てることができるのも、「少人数教育」の賜である。

魔法の数字

僕にとっては、レポートの点数は学生との一番厳しいコミュニケーションの手段だった。こういう言い方はおかしいかもしれないが、必ずしもそのレポートの「絶対的価値」通りに点数をつけるとは限らなかった。様々なことを考えて点数をつけた。

叩いた方が伸びそうな学生には最後の最後まで、厳しい採点をすることがあった。そして、一番最後の学年点ではじめて正当に評価するのだ。そういうときの学生の喜びは大きいようだ。逆に、褒めた方が伸びそうな学生には最初から少し甘い点を付けることもあった。また、可能性は感じるが僕には理解できないようなレポートには、敬意を払って黙って八〇点か九〇点を付けることもあった。その学生の可能性は僕をはるかに越えているのだろうと思って、そうするのだ。

その昔、深作健太という名の学生が（彼はもう「公人」だから、名前を言ってもいいだろう）、僕の演習の授業で横光利一の『上海』のレポートを書いたことがある。しかし、何度読んでもへンなのである。「僕は『上海』に色を感じる」と言って、付録として『上海』を場面ごとにポイントを書いた表に仕立て直して、二四色の色鉛筆で色分けした一覧表が付けてあるのだ。僕にはそれがまったく理解できなかったから、黙って九〇点を付けた。断っておくが、映画にそれほど興味を持たない僕は、その時は彼が深作欣二の息子だということにまったく気づかなかった。

その後彼は僕のゼミに来て、一度も論文指導を受けずに「悦びの王権」というタイトルの谷崎潤一郎『細雪』論を書いた。それは、『細雪』の四姉妹のいびつな人間関係を論じたもので、蒔岡の家が主人公の雪子を中心として形成している王権のような構造を、小説中に出てくる土地とのかかわりにおいて鮮やかに浮かび上がらせていた。個性的な文体で、みごとな完成度を示していた。卒業論文の試問では、副査の教員が「修士論文としても十分に通用する」と感嘆の声をあげた。その経験から、「僕には天才は育てられないし、評価もできない。だから、ただそっとしておくのがよい」という教訓を得た。

まだ短大に勤めていた頃には、こういうこともあった。レポートではないのだが、夏休み前の前期の試験で、一時間じっと座ったままままったく書こうとしない学生がいた。身体全体で何かメッセージを発している感じだった。この試験の点数と何かを引き換えにしようとしているのだと思った。そこで、試験が終わってからその学生を事務職員のいる学科研究室に呼びだして、声をかけたのである。しかし、うつむいたままやはりほとんど何も話さなかった。それ以上問いつめると危険な感じがして、帰すことにした。

白紙答案なのだから、零点にするよりほかはなかった。他の教員に聞いてみると、ほかの科目はちゃんと書いているという。幸い後期の試験ではみごとな答案を書いて、単位は落とさなかった。学生も点数を賭け金に何かを訴えてくることがある。学校空間では、点数はただの数字ではない。あたかも人間存在そのものであるかのような、魔力を持った数字なのである。

しかし、それはよほどの場合である。ふつうは、こういうやり取りになる。

可能性は秘めているが、まだ論じ方や書き方が不十分なレポートには、それ一回きりのレポートなら八〇点を出してもいいような出来であっても、あえて七〇点にしておいて、あと一〇点分か二〇点分を次の課題とすることも少なくなかった。小さな課題に絞って論じた狙いが成功して完成度が高いものの、今後の可能性があまりないようなレポートには、とりあえず八〇点は出して「このまま小さくまとまるよりも、もっと大きなテーマに変えた方が伸びる」とアドバイスすることもあった。こういうことは、すべて年に四回もレポートを課すからできる指導なのである。

その四回を使ってどのように学生を伸ばすかが、教師としての僕に課せられた課題だった。だから中田麻里のレポートも、もしこのまま『少女病』の授業を続けるのなら、七〇点を付けて、あと一〇点分か二〇点分を今後の課題にしただろう。

あれれ、困ったぞ

次に、下田大助のレポートを見てみよう。彼は、国文学科二年の学生である。

欲望生産マシーンとしての電車

下田　大助

杉田古城は近代人だ。「恋愛神聖論者」である彼は、彼の書く「少女小説」の中で純粋無垢なラブストーリーを展開する。そこにはいやらしさのかけらもない。そういう意味で、杉田古城は近代人だ。

近代人である彼は、理性的で「健全な」人間でもある。もちろん、これはフロイトの意識、無意識でいうところの意識の方だ。無意識の方では、抑圧された性と「不健全」が渦巻く。しかし、電車に乗ることで欲望を増大していった彼は、不幸な死を遂げる。

電車という装置、彼に喜びを与えながら破滅へと追い込んだ麻薬のような代物。これに言及する前に、もう少し彼について見ていくことにする。彼は三十七という年齢に誇りを持っている。誰かに冷やかされると決まって「三十七だ」と言って、年齢を口に出す。要するに、自分は三十七歳の立派な大人であるということだ。一方彼は、その年齢に引け目も感じている。「いくら美しい少女の髪の香《かおり》に憧れたからって、もう自分などが恋をする時代ではない」。三十七歳になった自分と、なってしまった自分とに引き裂かれた彼。そして、彼の気持ちは徐々に三十七歳になってしまった自分へと傾斜していく。それは、「死んだ方が好い」や「寂しさ、寂しさ、寂しさ」などの表現から読みとれる。

三十七歳という恋愛することを許されない年齢となった彼は、ただただ電車の中の若い娘に憧れるだけ。最後に出会った「美しい令嬢」は「ガラス窓」の向こうにいた。ここに象徴されているように、見るだけならOK、触るのはNGなのだ。触れた瞬間、裏から出て来たマッチョなおにいさんに一発殴られるというように、ペナルティを受ける。しかし、彼は「白い腕《かいな》にこの身を巻いてくれるものはないか。そうしたら、きっと復活する」というように、とうとう若い娘を欲望してしまう。だからペナルティとしての死を受けることになる。

この小説から読める、見るだけOK触るのNGのルールを破るという構図は、杉田古城に限ったことだろうか。現代において、痴漢がよく起こり、女性専用車両ができたことからもわかるように、答えは否である。つまり、電車は欲望製造装置なのだ。

性を抑圧する近代を大きく発展させる装置であった電車が、同時に破壊する装置でもあったという皮肉。近代的な理性と、電車の中で増大した欲望とに引き裂かれた主人公杉田古城の死の場面は、リアルでえぐい。

まだ、手書きのレポートである。二年生になるとほとんどの学生はパソコンを使うようになるのだが、こういうところも少し幼い。分量も少ない。文章にも品がない。最後の「えぐい」はひどいものだ。「近代」は性に関する抑圧の時代とか、三七歳はもう恋愛が許されない年齢だとか、思いこみも激しい。要するに、これまで知的にものを考えたことも知的な文章を書いたこともなかったらしく、自分の先入観をまったく相対化できていないのだ。野生馬みたいなものだ。ただし、駄馬か駿馬かはまだわからない。こういう学生は少なくない。しかし、下田大助は決して不真面目ではないし、背伸びをしてフロイトに言及したところなどに、ほんの少し可能性も感じた。そこで、僕のコメントはこうなった。

三七歳についての分析は、それはそれとして面白いのだが、それがレポート全体の中でどういう意味を持つのかがわかりにくい。タイトルにあるように、電車だけについて分析してもよかった。そこに可能性があったと思う。それから、レポートはもう少し品のいい言葉で書きなさい。

僕の付けた点数は、六〇点である。六〇点は成績表ならば「C」で、単位が出る最低点である。

下田大助に六〇点を付けたのは、こういうレポートではいけないという警告であり、同時に、しかし単位が出ないほどではなく、可能性はあるということを伝えたかったからだ。下田大助を育てるには、かなりの介入が必要だと感じた。時間もかかると感じた。幸い下田は根性のある学生で、その後ものすごく勉強をするようになった。鍛え甲斐があったのである。

『少女病』についての講義の最後に、深作健太の時のように、これは触れてはいけないな、下手に介入して壊してはいけないなと思わせられたレポートを挙げておこう。

ねじれる視線

竹井　麻由香

朝の通勤風景の中、一人の男が郊外から市街へと出社するため千駄ヶ谷の田んぼ道を歩いてくる。その男は「年のころ三十七、八、猫背で、獅子鼻で、反歯《そっぱ》で、色が浅黒くッて、頬髯が煩さそうに顔の半面を蔽って、ちょっと見ると恐ろしい容貌」をしており、「たいてい洋服で、それもスコッチの毛の摩《す》れてなくなった鳶色の古背広、上にはおったインバネスも羊羹色に黄ばんで、右の手には犬の頭のすぐ取れる安ステッキをつき、柄にない海老茶色の風呂敷包みをかかえながら、左の手はポッケットに入れている」。彼は毎朝その姿を周囲の人々に目撃されながら、当時まだ目新しかった電車に乗るため代々木駅へと向かうのだ。停留場付近に近づくと、彼は一人の女の後姿を発見し、また駅構内の待合所に入ろうとして二人目の女に視線を向ける。彼女は「肉づきのいい、頬の桃色の、輪郭の丸い、それはかわいい娘だ。はでな縞物に、海老茶の袴をはいて、右手に女持ちの細い蝙蝠《こうもり》傘《がさ》、左の手に、紫の風呂敷包《こ》みを抱えている」。男が醜い容貌で地味な服装をし壊れかけた安ステッキをついているのに対し、女はかわいく、派手な服装で蝙蝠傘を持っている。二人の容姿は対照的で「新・旧」の二項対立が如実に現れている。

また男が女に視線を差し向ける場所は、郊外ではなく「もう代々木の停留場の高い線路が見えて」からであり、郊外と市街の境界線付近である駅構内や電車の車内であったりするのだ。また通勤途中の田んぼ道では人々から視線を向けられる客体として描かれていた男は、この境界線付近で女を見る主体へと変容を遂げていく。

この物語は名前からして古さの象徴である杉田古城という男が、洗練された若い女性へ視線を注ぎ、また郊外から市街地への境界線を越え、見られる客体から見る主体へと変容することによって、最終的に死という制裁を受けざるを得なくなった物語として読むことが可能である。

この三つの二項対立の中でも、とりわけ主体と客体についてより深く考察してみたい。

彼は人通りの少ない郊外ではなく、常に人が溢れかえる駅や電車の車内といった匿名性を帯びることのできる空間でのみ女性に視線を向ける。彼自身が匿名性を帯び非人称として生きることに加えて、見られる女性の方も具体的な関わりを禁じられている。だからこそ、この男の視線は決して女達の視線と絡まり合うことはないのだ。「あまりしげしげ見て、悟られてはという気があるので、傍を見ているような顔をして、そして電光のように早く鋭くながし眼を遣」わなければならないのは、彼女達と視線を交わしあい関わりを持つことを、彼は拒否し続けているからだといえるだろう。

正確にいえば一度、留針《ピン》を落とした女性に声をかけ接点を持とうとしたことはあるのだが、その直後に、彼はある具体性を帯びた存在同士として女に関わるさまを空想した途端「自分の生活の荒涼としていることや、時勢におくれて将来に発達の見込みのないことや、いろいろなことが乱れた糸のように縺《もつ》れ合って」その空想を中断せねばならなくなる。つまり、彼は到達地点として女性と具体的な関わりを持つことを永遠に延期せずにはいられないのだ。彼が視線を差し向けるのは抽象的な客体である人格の奪われた女性であり、彼の視線から何かしらの意味を読み取ってしまい、それに応答することによって彼に内省を強いるような対象であってはならないのだ。彼は女たちと関わることによって生じる矛盾や対立を退けることによって、抽象・客体化を可能にしている。一方的であり続ける彼の視線は倒錯的であり、その視線はねじれている。彼の視線が対象に届くことは決してないだろう。

彼は「妻子を持ち、つまらぬ雑誌社の社員である」杉田古城として関係を築かなければならない他者の存在する、家庭や職場での生活に嫌気がさしている。「退出時刻が近くなると、家のことを思う。妻《さい》のことを思う。つまらんな、年を老《と》ってしまったとつくづく慨嘆する〜（中略）〜もう生きている価値がない、死んだ方が好い、死んだ方が好い」とさえ思う。家に帰りまたその日常生活を反復することを思い描くと寂しくなり、救ってくれる美しい女の姿を探し求めて電車に乗り込む。そこで彼は抽象的で人格の奪われた理想的な美しい女性を発見する。彼女は彼が非人称として生きることを可能にする。「美しい眼、美しい手、美しい髪」。何ら具体性を帯びない「美しい」の連呼、作家としての彼なら到底許すことのできないであろう描写を行いながら、彼は純粋に見る主体となる。そこで彼は杉田古城としての具体性を廃棄した結果、それをさらに完璧なものとするため、列車に轢かれて死ぬのである。

高いレベルで文体が完成していることがわかる。この文体を壊すことは、たぶん才能を壊すことに等しいだろう。

竹井麻由香。彼女も国文学科の二年生である。少し斜に構えて、欠席が多い。飲んだくれて、無頼を気取ったところのある学生。ものすごくプライドが高く、対応の仕方もかなり気を使いそうな感じだった。ただし、プライドと実力との間にギャップがないので、長島健次のようなことにはなりそうにない。

点数は九〇点。コメントは「非常にレベルの高いすぐれたレポートです」とだけ書いた。「僕は君には介入しませんから、自由におやりなさい」というメッセージである。

ここにあるのは「努力」でも「実力」でもない。「才能」としか言えない何かである。僕は学生によくこう言う。「大学では、教師にできることは限られている。五〇点しか取れない学生を七〇点にまで引き上げることはできるかもしれない。しかし八〇点以上の世界は、「才能」がモノを言う。そして、教師は君たちの「才能」に触れることはできないのだ」と。僕にはこの学生の「才能」に触れる能力はないと感じた。権利もないと感じた。このレポートの完成度が、教師を拒否していると感じた。だから、壊さないようにすることだけが、僕の仕事だと思った。

レポートの書き方

実は、今回のレポートはあらかじめ形式上の注意をしておいたので、ひどいのは少なかった。しかし、僕は一年生の新学期にはわざといっさいアドバイスをせずに「とにかく書いてごらん」と言って、五枚（二〇〇〇字）のレポートを書かせることにしている。そうすると、ものすごいことになる。なぜそんな意地悪をするかというと、学生に自分がいかに何もできないかを、身に染みて経験してもらいたいからだ。そして、僕の方ではレポートを読んで、その学年、そのクラスのレベルを測定して、一年間の授業方針を決めるのである。

本当にものすごいことになる。そもそもタイトルがない。ページが書いてない。綴じてもいない。話し言葉で書いてある。木村拓哉じゃあるまいに、「ぶっちゃけ」はないだろう。「、」の打ち方がヘンで、読点ばかりだったり、逆にまったくなかったりする。段落も同様で、まったくなかったり、逆に段落だらけだったりする、などなど。

学生に聞いてみると、まとまった「作文」を書いた経験が極端に少ないらしい。そして、ほとんどの学生は、学校では丁寧な添削など一度もしてもらっていない。だから、文章を書くということが身に付いていないのである。こうなると、今度はこの学生たちが気の毒になってくる。「高校までの国語教育はいったいどうなっているのか！」と沸々と怒りが湧いてくる。おかげで、大学なのに小学生に教えるようなことまで教え直さなくてはならなくなるのだ。

そこで、最初のレポートを返却した授業では、レポートの書き方だけをたっぷりと時間をかけて講義することになる。はじめに「レポートは他人に読まれるものであるという意識が、君たちにはなさすぎる。それは、書くことに慣れていないとかまだゆとりがないとかいうことでは説明ができないような何かが、君たちに欠けているからだ。レポートを読んでもらうにはどうすればよいのか、大学生のレポートはどういうものか、これから言うことを一度で覚えてほしい。そして、何が自分に欠けているのかよく考えてほしい」と、きつく言い渡す。そして、以下のような説明を細かく行う。

形式上の注意

1、レポートはキチッと綴じて提出すること。僕の授業では、右上を一カ所ホッチキスで留めること。右端を上から下へ何カ所か留めると本のような形にはなるけれど、実はめくりづらくて添削の作業が大変やりにくいから、これは止めること。

2、必ずページを書き入れること。これはすぐに分量がチェックできるようにするためでもあるが、それ以外にも意味がある。ページがなくて、しかも綴じていないレポートを僕がパラッと落としたら、いちいち文章のつながりを見て並べ直すことになる。君たちはそういうことを人にさせるのかい？

3、僕は添削をするのだから、行間にゆとりが必要である。パソコンの初期設定は四〇字×四〇行だと思うが、この授業では四〇字×三〇行に設定すること。用紙はA4サイズにすること。

4、国文学の授業なので、英文が大量にはいるなど特別な理由がない限り、縦書きにすること。

5、手書きの場合は四〇〇字詰め原稿用紙（できるだけB5サイズのもの）を使うこと。レポート用紙は不可。

6、タイトルは必ず付けること。しかも、レポートの内容が一目でわかって、かつカッコいいコピーになっていること。「『三四郎』について」とか「『三四郎』論」とか「『三四郎』研究」とか「『三四郎』研究序説」とか、こういうのはタイトルとはみなさない。若手の研究者の中にもこういうタイトルを付ける人がいるが、それは謙虚なのではない。こんなタイトルでも読んで貰えると思っているところは、むしろ傲慢と言うべきである。第一線の研究者はみんな忙しい。それでもわざわざ時間を割いて読んでみようと思わせるようなタイトルを付けるべきである。君たちも同様で、まだ社会的に無名な君たちがこういうタイトルを付けるのは傲慢である。

7、段落のはじめは一字下げること。（これは、小学校で習うことではないのか。しかし、こういうことさえできてない「大学生」が本当に何人も存在するのだ。あえて言うが、高校までの日本の文章教育はほとんど機能していないと思う。）

8、段落は読みやすさを考慮して設けるのだから、長すぎても短すぎてもいけない。見た目も美しくなければいけない。だいたいの目安として、一段落は一五〇字から三〇〇字位の範囲に収まるのが読みやすいし、見た目にも美しい。もちろん、必要ならば「ここで、フーコーの言葉を引用しておこう。」のように、一文だけの段落があってもかまわない。しかし、四〇字で一〇行以上の段落はいくらなんでも読みにくいから、これは止めること。

9、手書きの場合、行の頭には「、」や「。」や締めの鍵括弧「」」は来ない。「、」や「。」や「」」が行の最後のマスからはみ出たときは、最後のマスの下に小さく書き込むこと。パソコンなら、こういうことは自動的に調節してくれるから気にしなくていい。それにつけても、これからはコンピュータの時代である。好き嫌いはあるだろうが、できるだけ早くパソコンを導入すること。パソコンなら書き直しもそれほど苦にならないので、文章の上達も早くなる傾向がある。

それに、僕も迷うことなく「再提出」を課すことができる。

10、「しかし」「さらに」「また」「したがって」などの接続詞や、「〜のように」「〜のために」などは平仮名にするのが、いま風の書き方である。つまり、全体的な傾向として、少し難しい漢字は平仮名に開く傾向がある。君たちも、パソコンで漢字に変換できるからといって、ふだん使わないような漢字は使わないこと。一方、ふだん漢字で書く言葉は漢字にすること。ただし、これには絶対的な基準はない。最終的には、趣味の問題である。

11、「、」は意味のまとまりごとに打つこと。文節ごとに打つのではない。つまり、あまり多いのもいけないし、あまり少ないのもいけない。ただし、論文のように「誤読」されては困るような性質の文章では、少し多めに打つのがいい。しかし、文章で何が難しいと言って、「、」の打ち方ほど難しいものはない。僕も原稿で打った「、」が校正の時には気に入らなくなって変えることがよくある。ひどいときには、一休みして読み直したら「、」の位置が気に入らなくなることさえある。一度「、」を打って先を書いているうちに文が長くなって、さっきの「、」を取り消すこともある。文章が読みやすくて、かつ書きやすいような自分なりの読点の打ち方の呼吸を早く身につけてほしい。

12、一文はあまり長くならないようにすること。最長で一〇〇字ぐらい迄かな。特に、論文のように「誤読」されては困るような性質の文章では、一つの文章の中に主語が二つあるような構文や、長い文章にはしないこと。

13、たかだか二〇枚程度のレポートに「さて」や「ところで」などは使わないこと。こういう接続詞は話題を転換するときに使うものだから、論の流れが途切れてしまう。この程度の分量なら、一つのテーマに絞って一気に書いてしまうこと。だいたい、「さて」や「ところで」などは爺むさい。君たちのような若者が使う接続詞ではない。

14、引用の仕方には以下のような注意が必要である。まず、短い引用は「 」で括って、自分の文(地の文)に組み入れていい。少し長い引用は以下のようにする。

まず、引用の前後と地の文との間を一行空けない場合を示す。次に、引用の前後と地の文との間を一行空ける場合を示す。引用部分を何字下げるかの違いによく注意してほしい。ただし、後者の場合でも前者のような字下げをすることも許される。なお、大した枚数のレポートではないのだから、枚数稼ぎのような「長い引用」は避けること。

※

ここで、フーコーの言葉を引用しておこう。

●●●《誰が話そうとかまわないではないか》――この無関心のなかに、今日のエクリチュール●●の倫理的原則、おそらく最も根本的な倫理的原則が明確な姿を見せている。作者の消失は批

●●評にとって、これ以後日常的な主題となっている(1)。
フーコーは「作者の消失」はすでに「日常」化していると言っているが、それを放っておけと主張しているのではない。むしろ、「作者の機能する位置」を明確にすべきだと言っているのである。

※

ここで、フーコーの言葉を引用しておこう。

●●《誰が話そうとかまわないではないか》——この無関心のなかに、今日のエクリチュールの●倫理的原則、おそらく最も根本的な倫理的原則が明確な姿を見せている。作者の消失は批評に●とって、これ以後日常的な主題となっている（1）。

フーコーは「作者の消失」はすでに「日常」化していると言っているが、それを放っておけと主張しているのではない。むしろ、「作者の機能する位置」を明確にすべきだと言っているのである。

15、「注」（これを間違って「注釈」と呼ぶ学生がいるので注意してほしい。「注釈」は読んで字の如く「解釈」を含む「注」であって、研究の一ジャンルである）の番号は引用部分の最後に、書き込む。パソコンの場合は、ルビ設定にすると見た目がきれいである（前者の例）。ルビ設定が上手くできないときには、地の文に割り込ませて「(1)」のようにしてもいい(後者の例)。同じ本を何回も引用する場合でも、その度ごとに注番号を新たにつける。同じ番号を繰り返し付けてはいけない。

16、「注」自体は次のように付ける。( )(パーレン)の使い方に注意。

※

注(1)ミシェル・フーコー、清水徹+豊崎光一訳『作者とは何か?』哲学書房、一九九〇・九。

※

注(1)この『作者とは何か?』(ミシェル・フーコー、清水徹+豊崎光一訳、哲学書房、一九九〇・九)は「作者の消失」を説いているが、このことを考えるためにはロラン・バルト「作者の死」(花輪光訳『物語の構造分析』みすず書房、一九七九・一一)を参照する必要がある。

17、作品名や書籍名は『 』(二重鍵)で括る。雑誌名や新聞名は「 」でも『 』でもよいが、『 』が多いかもしれない。なお、発行時期の記し方だが、単行本と雑誌は年月までで、雑誌の場合は月刊誌以外は号数も書き込む。新聞は言うまでもなく年月日と朝刊・夕刊の別も書き込む。これは、読者がその文献や資料を確かめたいと思ったときに、必ずたどり着けるようにしなければならないからである。

18、「参考文献」という書き方は、止めること。「注」にすること。なぜなら、「参考文献」とすると、どこまでが「参考」にした部分なのか、どこが論者の意見なのかがわかりにくくなるからである。

19、研究では「プライオリティー」(優先権)を最も重んじる。研究者は最初の発見者、最初の発明者になることにしのぎを削っている。「命を懸けている」と言ってもいいかもしれない。だから、人の意見を自分の意見のように書いた場合には「剽窃」とか「盗用」とか呼ばれて、りっぱな「犯罪」となる。これは大学に職を得ている研究者なら、辞職しなければならない場合さえあるほど重い「犯罪」なのである。君たちも大学生となったからには、こういう「犯罪」は決して犯してはならない。研究上のルールは守らなければいけない。

20、「論文」は「資料」ではない。君たちは間違って「論文」を「資料」と呼ぶことがある。だから、平気で「剽窃」を行うのである。たとえば「新聞研究」という研究ジャンルなら、「新聞」が「資料」で、それを論じたものは「論文」である。この「論文」を自分の意見のように扱うことが「剽窃」なのである。

21、いまの日本語は「言文一致」などと呼ばれているので勘違いが起きるのだが、話し言葉と書き言葉は違う。レポートは書き言葉で書くこと。たとえば、「いまいち」ではなく「いまひとつ」

であり、「やっぱ」ではなく「やはり」であり、「これじゃなくて」ではなく「これではなくて」であり、「ぶっちゃけ」ではなく「率直に言えば」でなければならない。

22、インターネット上のデータは信頼できるものとそうでないものとの差が大きいので、書籍で確認できるものは書籍に当たる方が安心である。活字になったものは、ふつう編集者の目を通っていてある程度の「公共性」(「検閲」の意味合いも含むが)を保っているが、インターネット上のデータはそうでないものも含まれる。ただ、そこがインターネットの面白さでもあり強みでもあり、また大変便利なところでもあるのは事実である。したがって、どれが信頼できるデータ・ベースなのか、サイトなのかを勉強しながら、徐々に使いこなせるようにすること。この点に関しては、僕には君たちに教える技術も経験もない。まだ、何とかメールが送れる程度という極端なローテクでしか仕事をしていないから、ごめんなさい。

内容上の注意

1、僕の指示したやり方でタイトルが決まるということは、テーマが決まるということである。レポートはたった一つのテーマで書ききること。よく見かけるのは、最初の問題設定からずれて、途中から別のことを論じはじめるパターンである。枚数稼ぎという面もあるのだろうが、決められた枚数の中で一つのテーマを論じきる構成力をつける練習をすること。

2、構成力をつけるには、何枚かのカードに書きたい項目を書くか、一枚の紙に書きたい項目を書いて、それらがたった一つのテーマに連なるように取捨選択すること。調べたこと、考えたことを全部書けばたいていの場合まとまりが悪くなる。時には捨てる勇気も必要である。また、レポートの論の運びをカッコよくするためには各項目をどういう配列で並べたらよいのかも、よく考えること。カードを何度も並べ替えてみて、レポートの構成を考える必要がある。一枚の紙に書いたときも同じである。失礼ながら、大学生の君たちがぶっつけ本番で書いてまとまりのいいレポートが書けるはずはない。

3、与えられた枚数とテーマとの関係をよく考えること。大学生に求められているのは感想ではなく論証なのだから、たとえば五枚で「三四郎の女性観」といった大きなテーマが論じられるわけがない。感想なら述べられるかもしれないが。五枚なら、「池の端の出会いの場面の分析」とか「野々宮の呼ばれ方の分析」(実際のタイトルは、もっとカッコよくなければならない)といった小さなテーマしか設定できないだろう。その分、テクストにとことん付き合った分析の密度が確保できるのである。しかも、限定的でありながら、その実『三四郎』全体の「読み」に届いているようなテーマ設定が一番可能性を持つことになる。つまり、この小さなテーマがいわばセンターラインとなるので、それにたくさんのサブテーマを加えて、大きな論文に発展できるということである。

4、テーマが絞れていない場合や、書くことがなくて枚数稼ぎに走った場合には、必要以上にストーリーを追ったレポートになりがちである。しかし、授業で扱う小説は決まっているのだから、ストーリーをまとめる必要はまったくない。「僕はすでに『三四郎』を五〇回以上読んでいますから、いまさら君たちにストーリーを教えてもらう必要はありません。」ストーリーはもうすでにわかっているものとして、レポートを書くこと。ただし、ストーリーを読み換えるタイプのレポートを書く場合には、「ふつうはこう理解されているであろうストーリー」をごく簡単に整理しておく必要はあるかもしれない。

5、参考にした文献の長々とした紹介も必要ない。自分の設定したテーマに関係することだけを簡潔に書くこと。

6、何も書くことが思い浮かばない場合は、まだ個性も知性も決定的に不足しているのである。ただ、勉強あるのみ。知性を磨く時間を得るために、君たちは大学に入ったのでなければならない。冷たいようだが、僕は何も書くことが浮かばないような学生にアドバイスをするつもりはない。つまり、テーマを与えるつもりはない。ただ孤独に耐えて、十分に苦しむがいい。そこから、ようやく自分というものが見えてくるだろう。近代国文学演習Ⅰで特に方法的なこと（たとえば「文学理論」）を学ばないのも、こうして自分を見つめる時間を持ってほしいからである。

ただし、「こういうことを書きたいんですが、どうすればいいですか」という相談にはもちろん応じる。また、自分というものを見つけるきっかけを得るために話し相手になってほしいという申し出があれば、それにも喜んで応じる。「自分」は、自分一人で見つけられる場合もあるし、対話の中で見つかる場合もあるのだから。

7、冷たいようだが、大学のレポートでは人間としての君たちを知ろうとは思ってはいない。知りたいのは、君たちの思考である。だから、感想文では大学のレポートにはなり得ないのだ。人間形成が教育目標の一部だった高校まではそれも必要だが、大学はそうではない。したがって、大学のレポートは基本的には君たちの「体験」を書く必要はない。それが必要なケースはごく限られる。

つまり、大学のレポートでは「私は〜と思う」という形式の文ではなく、「〜は〜である」という形式の文が求められる。もちろん、これも厳密には「私は「〜は〜である」と思う」という文の構造になっているのだが、いま傍線を施した「私は〜と思う」の部分は、大学のレポートでは隠されていて、書かれないのがふつうである。それが「研究」の文体なのである。

8、「研究」と「批評」とはどこが違うのだろうか。「批評」は基本的に、いま述べたような「私は〜と思う」という文体が求められる。書いた人の固有名詞がモノを言って、「あの人がこう言っているのだから、そうなのだろう」という共感の仕方があってもいい。それが「批評」だ。しかし、「研究」は違う。「〜は〜である」という文体が求められる。「あの人がこう言っているのだから、そうなのだろう」という世界ではない。その分野の大御所が書いたものでもまちがいがあれば（あるいは、つまらなければ）通用しないし、大学院生が書いたものでも正しければ（あるいは、面白ければ）評価される。もちろん、現実には様々な要因が複雑に絡み合ってそう簡単にはいかないものだが、それが「理想」であるような世界が「研究」の世界なのである。

9、君たちのレポートは、僕からみれば「説明不足」に思われることが多い。たとえば「美禰子は三四郎が好きだ」ということは当たり前のように思うかもしれないが、研究はこれを疑う。その結果、これだけのことについて、たくさんの論文が書かれるのだ。君たちのレポートが説明不足に思われる最大の理由は、君たちがまだ「ふつう」を疑うことを知らないからだ。だから、「ふつう」を当然のこととしてそのまま受け入れ、そのまま書いてしまう。しかし、「研究」は「ふつう」を疑うことからはじまる。だから、場合によっては「ふつう」がなぜ「ふつう」なのかを説明する必要さえある。それが、大学で学ぶことの一つである。

10、おそらく、君たちには読書量が決定的に不足している。そして、読書から学ぶ力も決定的に不足している。これから本や論文を読んでみて、「これ！」と思う人を探しなさい。それは、研究者でなくてもかまわない。そして、その人の発想法から文体まで思いっきり真似してみなさい。若いときには「亜流」になることを恐れてはいけない。「個性」などというものははじめから君たちに備わっているのではない。真似をする経験を経て出来上がってくるものだ。

最後に、この授業で論文の形式的な書き方をすべて教えられるわけではないので、小笠原喜康《ひろやす》『大学生のためのレポート・論文術』（講談社現代新書、二〇〇二・四）を推薦しておく。大型書店に行けば論文執筆法の本はそれこそ何十冊となく並んでいるが、いまのところこれが一番手軽でいい。研究には分野ごとに癖があるから、一般的な論文執筆法などあるわけがない。大学ごと、学部ごと、学科ごと、教員ごとにも癖がある。だから、大部のものを読んでも意味がないのである。手軽なのを一冊読めば十分だ。あとは、個別に身につけるしかない。

もっとも、この本は僕が「注」と呼んでいることを「注釈」なんて呼んでいるから、根本的なところで怪しい感じがしないわけではない。この人、「注釈」という伝統のある学問領域をちゃんと理解していないのだろうか。それに著者紹介をみると、それなりの年齢なのにまとまった研究書を書いていないみたいだけど、大丈夫なのかしら。まぁ、「論文術」の専門家なのだろう。

ふつうの研究者は、発想法から書き方まで自分の専門領域の癖がついてしまっているから、一般性のある「論文術」は書けないのかもしれない。僕が学生に説明するのも、国文学の領域ではある程度の一般性は持つとはいえ、基本的には僕の授業用のルールなのだから。

第五章　大学生が読む『三四郎』

Gパンの季節だ

　連休が終わるとようやく大学の授業も本格化する。近代国文学演習Ⅰでは最初の授業時にもう発表の順番を決めてしまった。学生の発表が始まるのは連休明けからだから、準備の時間もたっぷり取れたはずである。これも、ウィンドー・ショッピングの期間があるにもかかわらず、はじめから近代国文学演習Ⅰを取るつもりの学生だけが参加してくれたからできることだ。空登録はあったけれども、冷やかしは一人もいなかったのだ。ふつうは、連休明けあたりでなければ発表の順番が決められないのである。

　五月は暑い。そこで、ついGパンでの登校が多くなる。実は、これは僕一人の傾向ではない。僕の観察によれば、文芸学部では約一割の教員が常時Gパンで登校している。定年間近の教員も例外ではない。ひどいのは、ホテルでの懇親会にまでよれよれのGパンで来たりするのがいる。これは見ていてちょっと恥ずかしい。さすがに、僕はそこまではしない。しかし、成城大学に勤務するようになってしばらくして、Gパンでの登校がはじまったのである。

　これは成城大学文芸学部が「自由」という思想を大切にしていて、その思想が服装に現れたのだと思っている。大学教員のGパン姿にも「記号論的価値」があるわけだ。大きく言えば、そういう「自由」は成城学園の思想だと言っていい。成城学園高校に勤務していた僕の友人は、すでに引退した年輩の教員に「最近の成城学園高校の教師はスーツなんか着るようになった」と、批判されたことがあったくらいなのだから。

大学の教員の中には、自分が「自由人」に近いということをなんとか外見でも表現しようと、妙な工夫をする人がいる。文芸学部のGパンもその一つかもしれない。男の教員で髪を長くしているのなんかもまたその一つだろう。もちろん、髪型にも「記号論的価値」がある。単に「好み」とは言えないところがあるのだ。やはり思想と言うべきだろうか。でも、あれって「私は自由人です」みたいな「思想」がミエミエで、薄汚いところが僕は嫌いだ。もっとも、僕のGパン姿もスーツ派からはだらしなく、そして嫌味に見えるだろう。

僕はある期間一つのブランドに入れ込む傾向があって、大学院生時代はトラッドでサンヨー・ベイカーのベイカー・ストリートだった。短大時代はそれに三峰のIVY'S LEAGUE。さらに、レナウンのイクシーズなどソフト・カジュアルの時代があって、なぜか突然コム・デ・ギャルソンのオムドゥへ。そして、この一〇年ほどはコム・デ・ギャルソンのオムとなっている。これはあるブランドに頼り切っているわけだから、お洒落なのではなくて手抜きなのではないかと、自分では分析している。

コム・デ・ギャルソンのオムを買うのはいつも新宿伊勢丹。店長の川本さんがいないときは、あまり買わない。ただ買うのが好きなだけで、それほど着ない。買い物依存症かもしれない。ネクタイも買うのが好きだから、数十本は持っている。これもあまりしない。スーツの時もノーネクタイが多い。慣れないから、ネクタイをしていると時間がかかって遅刻してしまうのだ。それで、ますますしなくなる。

学生はこういうのを実によく見ている。

教務部長になったからにはスーツを着ようなどとは思わなかった。逆に、ついGパンということになってしまうことが多かった。忙しくて服装のことを考えるのが面倒だったのと、大学での滞在時間が長くなったからスーツだと疲れてしまうことなどの理由があったからだった。部長会も僕一人Gパンで出席していた。それと、もう一つ。フットワークだけが取り柄の教務部長で(「軽い」という批評もあったと思う)、文字通り学内を走り回っていたら、軽い外反拇趾になって足が痛くなってしまったのだ。Gパンにリーボックというスタイルは、痛み対策でもあった。すると「教務部長になってからGパンの着用率が高くなりましたよね。ちょっと手抜きなんじゃないですか」と、学生からは容赦なく言葉のパンチが飛んで来るのだ。

たまにするネクタイなどもよく見ている。僕はやや顔が小さいし、首が細いので、ネクタイの結び目は必ず小さくしている。するとこうだ。「最近は大きい結び目が流行なのに、先生は頑として小さいですよね。それって主義なんですか」。断っておくが、こういうことを言うのは女子学生とは限らないのだ。学生とファッションについて話したりすることも多い。

長島健次が特徴のあるシャツを着ている。

「ねぇ、そのシャツ、コム・デ・ギャルソンじゃない？」

「先生、よくわかりますね。僕は就職もそっち関係を狙ってるんです。」

「そうか。僕はスーツはコム・デ・ギャルソンだけど、シャツに二万円出す気にはなれないなぁ。それにギャルソンのシャツはワンサイズじゃん。僕には大きすぎるんだよ。」

「僕たちはそれこそスーツに一〇万円はかけられませんよ。」

「そっか。そう言われれば、そうだね。僕はシャツはＭＵＪＩなんだ。」

「シャツはＭＵＪＩなんですか。なんかイメージ崩れちゃうから、もっと高級なのにして下さいよ。」

「いや、たしかに一時ＭＵＪＩのデザインがダサくなった時期があるけど、ユニクロに攻勢をかけられて、生き残りのためにこのところデザイン性が急速に回復してるよ。前よりいいかもしれないな。ヨウジ・ヤマモトのディレクションだっていう話も聞いたことがあるし。ホントかどうか知らないけど。それにＭＵＪＩのシャツはサイズも僕にピッタリだし、デザインも色合いもギャルソンのスーツに合うと思うんだけどなぁ。」

　この会話を聞いていた、僕のコム・デ・ギャルソン好みを知っている中井貴子は、こんなことを言う。

「先生は痩せてるから、アニエスとかのスーツの方が似合うんじゃないですか。」

「ああ、アニエスにも前はよく行ったけど、あれはさすがに細身過ぎて駄目なんだ。」

「じゃぁ、それこそワイズはどうですか。」

「ワイズねェ。前はスーツを何着か買ったことがあるけど、さすがにワイズともなると着こなせないんだよね。なんか、ホストクラブの売れない従業員みたいになっちゃってさ。ギャルソンよりポリシーが一貫してると思うし、コートにはなんでもかんでもフードを着けちゃうヨウジ・ヤマモトは好きなんだけどね。」
「でも、先生がアニエスのスーツ着たとこ、見てみたいなぁ。」
それまで黙って聞いていた沢村果林が、急に口を開いた。
「私はギャルソンのほうがいいなぁ。」

と言うわけで、大学教員はマネキンでもあるわけだ。「あの先生もギャルソンだよね」とか、「あの先生のお尻がプリプリしてるところが可愛い」なんて言っている女子学生もいる。そこが、成城大学らしいところかもしれない。でも、お願いだからそのくらい授業も熱心に聞いてくれ。

ドカンと始まったが……

『三四郎』は全部で一三章からなる。近代国文学演習Ⅰでは、一章ごとに読んでいくことにした。まだ力の付いていない学生にいきなり長編の全体を読ませると、テーマの絞りきれないぼんやりした発表に終わることが多いからである。感想文に毛のはえたレベルになる。高校の教科書の「学習」のように、「主人公の心情はこうです」というレベルも多い。ほかに読み方を知らないのだから、仕方がない。

そこで、まず小さく区切って、小さなテーマからはじめる。もちろん、部分から全体につながるようなテーマが発見できればそれにこしたことはない。できるだけ、そういうテーマを探すように心がけてほしい。さらに、テーマに沿って、具体的な表現に即してテクストをきちんと分析する。学生には、これが意外に難しいのだ。こういう意図は、きちんと説明しておく。

学生の発表の一番手は、わざと四年生の木崎英雄に当てておいた。二年生が主体の近代国文学演習Ⅰで、いわば模範演技をしてもらいたかったのである。彼にもその意図はよくわかっていたのだろう、いきなりB４でびっしり四枚のレジュメが来た。『三四郎』の第一章は、三四郎が東京帝国大学に入学するために九州から上京する途次の話である。名古屋で人妻と同衾したり、見知らぬ男（実は広田先生）に「日本より頭の中の方が広い」と言われて度肝を抜かれたり、大忙しの章である。

『三四郎』は主人公三四郎のおどおどした姿から書き始められていたが、近代国文学演習Ⅰは自信満々にいきなりドカンと始まった。よく調べ、よく考えられていた。

明治四〇年頃という作中の時間設定をほぼ確定していたし（研究上は常識だが）、当時の学制の調査から、三四郎が「田舎者」の超エリートであるという属性も確定していた（これも常識だが）。こういうことが、知識として早い時期に教室で共有されるのは大切なことだ。

さらに、鉄道という「国民国家の条件である交通網の整備」を使うことによって故郷の外部に出た三四郎が外部から故郷を見るとき、三四郎の内面には〈田舎／都会〉、〈古いもの／新しいもの〉、〈既知のもの／未知のもの〉という複数の二項対立が生まれる。ところが、三四郎はいつもその二項対立の境界線を一気に飛び越えてしまう。だから、読者はその飛躍した内面（レジュメには、文学理論の用語で「空所」とある）を解釈で埋めたときに、三四郎と同じように「成長」できる。これらの運動が、『三四郎』というテクストを作り上げていくのだという趣旨。「鉄道網」云々のところは、鉄道網の整備が国民意識を高めたという昨今の国民国家論を踏まえたものである。それを、「読者が解釈によって参加することでテクストが完成する」と考える読者論とつなげたところがミソだ。第一章の具体的な言説の分析がやや手薄で、「『第一章』論」ではなく、すでに「『三四郎』論」の趣が強いが、全体としてなかなかの出来である。

僕は短い突っ込みを入れる。

「レジュメに「女と云うものは（中略）無教育なのだろうか」という三四郎の内面の言葉が引いてあって、「学問と恋とを対比させて、両立の不可能さを考察するほど関心は恋に傾いている」とコメントしてあるけど、ここでの三四郎は、「学問」という唯一自分が持っている土俵の上で、彼にとって〈未知のもの〉である「女」を捉えようとしてるのではないの？　つまり、これは〈未知のもの〉を〈既知のもの〉に回収する試みであって、「学問と恋」の対立は「両立の不可能さ」まで行っていないんじゃないの？」

「でも、三四郎がここまで「学問」を相対化できていたから、その少し後で広田先生の「日本より頭の中の方が広いでしょう」という言葉に感動して、「この言葉を聞いた時、三四郎は真実に熊本を出た様な心持がした」となるのではないでしょうか。」

「なるほど、そう考えたわけか。でも、僕は広田先生が「頭の中」と言っているのが気になるな。広田先生も実は「学問」にとらわれている人で、だから「頭の中」としか言えなかったんじゃないかな。つまり、三四郎と同じ土俵でモノを言っているから、三四郎にスカッとわかったんじゃないかな。」

「でもそう考えてしまうと、三四郎の中で九州が相対化されたことにならないから、第一章は第二章以降の導入になりませんよ。」

「だからさ、三四郎の「恋」はほんとに恋だったのかという疑問があるわけよ。」

「ああ、そういうことですか。」

「そういうこと。それに「学問」と「恋」とを対立させるのは、まさしく三四郎の個性じゃないかな。それに、君は〈恋＝性〉としているけれども、三四郎はまだ自分の性欲に自分自身で気づいていないと思うし、〈恋〉のない〈性〉はあるし、〈性〉のない〈恋〉だってあるでしょう。君は「ロマンティック・ラブ・イデオロギー」って知ってる？」

「いえ、知りません。」

「恋とセックスと結婚をワンセットで捉える思想のことだけど、たぶん君は自分がそういう思想に囚われていることに気づいていないと思うな。つまり、真面目過ぎってことよ。四年生なら「ロマンティック・ラブ・イデオロギー」については調べといた方がいいよ。いずれにせよ、これは第二章以降の課題だね。」

これで、第二章以降の読みに一つの方向を示すことができた。もちろん、それは次の学生が受け止めても、受け止めなくてもいい。

第二章は村岡順子の担当。夏休みに東京帝国大学構内にある池の端で、三四郎がはじめて美禰子と出会う場面が中心である。この池は、『三四郎』のこの場面にちなんで、いまでは「三四郎池」と呼ばれている。

美禰子が野々宮にちょっかいを出すオイシイ場面があるのに、発表は三四郎がこれまでに触れた世界を「田舎」と「東京」、「学問」と「恋」の四つに分け、それぞれの分類に従って内容をまとめただけのものになってしまった。テーマがまったく絞れていない。新入生扱いの二年生レベルそのままである。四年生の発表を見習ってほしいという僕の目論見は、二項対立が二つ組み合わされた分類に還元されてしまったわけだ。このレベルだとこの先がきついなと思って「とにかく、この四つの内のどれかに絞って、発表をやり直してごらん」と宣告する。

ところが、次の週には「東京」に絞ってそれなりに調べてきたものの、時代背景を説明しただけに終わってしまった。う〜ん。「この時代背景をテクストの何と結びつけて解釈するかが、今後の課題だね」とアドバイスするのが精一杯。半ば、僕の敗北でもある。

第三章は『三四郎』でもいよいよ新学期が始まって（当時は九月が学年のはじめ）、物語が動き始めるところである。三四郎も与次郎という剽軽《ひょうきん》な友人を得る。そして、三四郎は入院している野々宮の妹よし子に届け物をした帰りに、病院内で美禰子と再会する。

担当は伊藤典子。彼女は一度社会人を経験してから、成城大学の芸術学科に入り直した頑張り屋だ。ただ、社会人学生（彼女は「社会人学生」ではなく、学び直しのためにふつうに入学したわけだが）によくありがちな欠点を彼女も持っていた。それは、とにかくよく勉強して、よく吸収して、よく調べるが、少し柔軟性に欠けていてオリジナリティーがなかなか出て来ないというものだ。

社会人学生が学び直すことは、いわばそれまでの自分の生き方の否定につながるとも言える。逆に言えば、自己否定にならないような学び方では十分に学んだことにはならないのである。その過酷さが身を強張らせてしまい、彼らを柔軟性から遠ざけるのではないだろうか。言い方を換えると、一時代前の世間の常識にどっぷり浸かっていて、その「ふつう」（常識）から一歩も出られない場合があるということである。ところが、大学の勉強は「ふつう」を疑うところから始まるわけだから、社会人学生にとっては過酷なのだ。この点は、人生経験（人生の「成功体験」）が社会人学生を支えている部分があるだけに、若い「良い子」の学生を「不良」の学生に仕立て上げる以上の難しさがある。伊藤典子ははたして、よく勉強していてレジュメはB４判で五枚もあったが、登場人物の心理を追ったものに終わった。

登場人物の「気持ち」や「心情」を理解することが小説を読むことだった高校までの文学教育から抜け出せないのである。小説にはたくさんのことが書き込んであるのに、「気持ち」や「心情」以外のものは目に入らないらしい。と言うより、小説の言葉には表れていない「気持ち」や「心情」を読み込む読み方しか出来ず、まさに目の前に表れているたくさんの言葉を素通りしてしまうのだ。それが高校までの文学教育なのだから仕方のない面もあるが、ここは大学なのだから、いつまでもたった一つの読み方しかできないのでは文学を勉強する意味がない。しかし、次の週での再挑戦でも、基本は変わらなかった。

ところで、演習でやり取りをしていると、「新入生」は不思議なことを口にすることがある。

「これは、私の考えなんですけど……」

「ちょっと待って。僕はもともと君の考えを聞いているんだよ。誰かほかの人の考えを聞いているわけじゃないんだよ。」

こういう頓珍漢なやり取りが起きることが、ままあるのだ。

実は、こうした僕の受け方も少しズレていることが最近わかってきた。「新入生」が口にする「これは、私の考えなんですけど」という言葉は、「ほかの人の考えではないんですけど」という意味ではなかったのだ。たぶん、「これは「正解」ではないかもしれませんが」という意味なのだ。高校までは、国語の時間でも「自分の考え」を述べてはいけないことを、彼らは身をもって思い知らされているのだ。国語の授業で生徒が口にしていいのは、「自分の考え」ではなく、教師が想定している「正解」だけなのだ。それが、「これは、私の考えなんですけど……」という言葉を口にさせるのだろう。

こういう学生をたくさん見ているから、高校までの国語を再編成することを提案したことがある（『国語教科書の思想』ちくま新書、二〇〇五・一〇）。それは、「情報」という、正確に情報を取り出し、それを判断する力を付ける科目と、「文学」という、「自分の考え」を自由に言うことができる、採点をしない科目とに作り替えたらどうかという提案である。そうすれば、「新入生」も「これは、私の考えなんですけど……」という不思議な言葉を口にしなくなるだろうと思ったのだ。

さて、「四年生の模範演技を二年生が真似ることで、演習のレベルを維持しよう」という僕の目論見はうまくはいかなかった。二年生と四年生のギャップは想像以上だった。考えてみれば、この年代の学生にとって二年間という時間は大変重みのある時間だったのだ。四年生の発表をちょっと見たからといって、すぐ真似のできるようなものではなかった。逆に言えば、この二年間で学生は目に見える形で成長しているのだ。なぜだろうか。それは大学教育の成果なのか、大学生として過ごした時間の賜なのか、大学という空間の魔術なのか、簡単には答えが出ない問のように思われた。

こんな風にして、僕たちの五月は過ぎていった。

「理由なき反抗」みたいな

時計の針を少し戻そう。

三年生と四年生合同のゼミナールも順調に始まっていた。四年生が一二人、三年生が八人の合計二〇人のゼミナールだ。いかにも成城風の明るい素直な子もいるが、どういうわけか僕のゼミナールには一癖ある学生が集まる傾向にあった。そして、そういう学生は例外なく「できる」のである。やはり文学は人を不幸にするのか、それとも不幸だから文学にのめり込むのか、それはわからない。けれども、そういう学生が僕のゼミに集まるのは不思議なことだった。

中には、僕に反発する目的でわざわざ僕のゼミナールを選んだのではないかと思われる学生もいた。僕のゼミナールでは文学理論を学びますと、ゼミナールの説明会でも言っている。勘違いをしてゼミに来られるとお互いが不幸だから、説明会用のプリントまで用意して、全員に配付している。シラバスにもはっきり文学理論を学ぶと書いてある。それなのに「僕は作家を論じたいんです。文学理論は嫌いです」などと言うのだ。その彼が三年生の時には、「受容理論」（読者論）の担当だったにもかかわらず、「作者」について一時間しゃべって、四年生の集中砲火を浴びたことがある。

先にも触れたように、読者論は「読者が解釈を通して参加することでテクストが完成する」と考えるわけだから、その「行為」のプロセスで必ず「個性」が出て、一人一人の読みが違ってくる。もっと正確に言えば、一人一人のテクストが違ってくる。読者論は、そういうことを理論的に説明できる文学理論なのである。そのきちんとした理解と説明が彼には求められていた。

ところが、彼はそれをしなかったのだ。すごかったのは、四年生が彼のレジュメに漱石の写真がプリントされていたことを問題にしたところだ。

「どうして、レジュメに漱石の写真が載ってるんですか。」

「これが読者が小説から読み取る漱石だからです。」

「それはおかしいでしょう。受容理論では、読者は常に「作者」を「変形」させて受容すると考えるわけだから、もしどうしても漱石の写真を載せたいのなら、そのままではなくて、「変形」させて載せるべきでしょう。」

「……」

僕もそこまでは考えなかった。四年生こわッ。なるほど、読者論では「作者」はそのままの形では「読者」に伝わらず、必ず「読者」の「個性」によって「変形」されてしまうと考えるわけだから、四年生の言うことはもっともなのだ。当然、発表はやり直しとなった。それはきちんとこなした。四年生になった時の発表もしっかりしていた。やれば指示通りにできるのに、わざとやらなかったのだ。

彼は、卒業論文では萩原朔太郎を論じた。その試問の席で、副査の教師とこういうやり取りがあった。

「あなたの卒論は、言いたいことはなんとなくわかるのですが、もう少しわかりやすく書けませんか。」

「いえ。「作者」は簡単にはわかり得ない存在なので、意図的に分かり難く書きました。」

「……」

彼もなかなかである。その卒業論文は完成度が高かったので、成績は「A」を付けた。ゼミで文学理論を教えると、過剰適応して、中にはテクストの読解だか文学理論の解説だかわからないような卒論を書き始めてしまう学生も出てくるが、何をどうやっても文学理論に馴染まない学生も出てくる。それが個性というものであって、個性は尊重しなければならない。

ある女子学生の場合は、高校で受けた国語の授業に深い恨みを抱いているようだった。奥付にあった国語教科書の編集委員の中に僕の名前があったからと僕のゼミナールに来て、「国語教科書がどういう風に採用されたのかを研究したい」と言う。「そんなことはわかりっこないよ」とどれだけ説明しても聞く耳を持たなかった。自治体に情報開示を請求して採択会議の議事録を集め始めたりしていたが、こういう議事録は肝心の固有名詞が出てくるところは当然「非開示」なわけだから、何もわからない。

そんなことを一年留年してまで、二年も繰り返した。そして、ほかの単位はすべて取り終えて、あとは卒業論文だけという所まで来たのに、周囲の説得も空しく、中退してしまった。三年間僕に突っかかるだけ突っかかって、いったいあれは何だったのだろう。僕には何もしてやれなかったという苦い思いしか残らなかった。教師はこういう理不尽にも耐えなければならないのだ。ところが、その学生が早稲田に移った僕を訪ねて来たりするのだから、ますますわからない。

卒業論文の準備はできているのに、提出の時期になるとなんやかやと理屈を付けて出さない学生もいた。それが二年間続いた。思い切って、言うべきことを言った。

「要するに、社会に出るのが怖いんだ。」
「はい。最近、自分でもそれがわかってきました。」

さすがにその年は卒業論文を出して、晴れて卒業していった。いまは郷里の新潟で塾の講師をして、卒業生を東京の名門校に送り込んでいると、年賀状に添え書きがしてあった。もともと「できる」学生だったのだから、そのくらいの力は十分ある。こちらも、肩の荷が下りたような気持ちになった。

学生の心を言葉にしていい場合とそうでない場合の違いは紙一重だ。いつも間違いなくそれができるわけではなかった。それに、卒業すれば幸せになれると決まっているわけでもない。その反対のケースもあったろう。しかし、教師にできることはこのくらいしかないのだ。いつまでも彼らを抱えていられるほど、僕も人間ができているわけではないのだから。

コンパはノリノリでちょっと危険

ゼミナールには一匹狼みたいな学生もいる。教室に来ても、授業が始まるまでウォークマンでがっちりガードをして、ほかの学生とは絶対に交わらないぞという「電波」を体中から発している。ところが、成城大学の学生にはアルコールがよく効くのである。最近の学生はコンパを嫌う傾向があるというが、成城大学の学生はそうでもない。僕はほとんど飲めない方だが、飲み会の席は嫌いではない。特に気のいいゼミ生たちとのコンパは楽しくていい。

成城大学の場合、どういうわけか場所は下北沢と決まっていた。ゼミコンパはどこも同じように連休前にやるので、その時期には下北沢が成城大学のゼミで賑わうことになる。こちらは二〇人近く引き連れて歩いているから、ほかのゼミと行き交うと「石原軍団」などと言われる。

ところかまわず、時には遮断機の上がっているときの小田急線の線路に全員で侵入したりして記念写真を撮って（いつも「やろうぜ！」と煽るのは僕だ）、さんまの「恋のから騒ぎ」みたいなノリで学生とガンガンやっていると（もちろん、さんま役は僕だ）、急に一匹狼君が猛烈に語り始めたりするのだ。ほかの学生は一瞬目が点になるが、そこは心やさしい石原ゼミの学生たち。「お前、授業前のウォークマン、あれ何だよーッ！」となって、さしもの一匹狼君も石原ゼミの一員となりおおせるのである。

放置自転車を点検している警察官を見たりすると、つい昔に戻って「これって自転車を調べてるのか、盗もうとしているのか、どっちなんだろうね！」なんて、大きな声で言って、警官に睨み付けられてしまったりする。冷たいことに、その瞬間に学生は「知らない人」になる。しかもそればかりでなく、少し歩いてから「先生はもうお巡りさんをからかう年じゃないでしょ」と窘《たしな》めたりするのだ。この、小市民的ゼミ生たちめ！

授業中はそういう感情は起きないが、こうして子犬のようにじゃれ合っているゼミの学生たちを見ていると、「この学生たちに幸あれ」と心から祈るような気持ちになる。

ちょっと困るのは、お酒が入った女子学生に勘違いされたときだ。昔は「恋人」と勘違いされたことがあったが、いまは「父親」と勘違いされることが多くなった。こういう経験は、ほとんどの男性教員が持っていると思う。女子学生にとって大学の男性教員は、ちょっと微妙な存在であるようだ。たとえば、こんな具合。二番目ぐらいに過激なのを。

「先生、私悪い女なんです。」
「どうして？」
「私、先生の奥さんが亡くなるのを待ってるんです。」
「ちょっと待て。僕のカミサンが死ぬことと、僕が君と一緒になることとはまったく別のことだよ。」

ちなみに、これはみんながいるところでの会話だ。こういう学生に対するメッセージは一つしかない。「僕に認められたかったら、女としてではなく、勉強でだ」と。それを、言葉ではなく「電波」で知らせる。そうすると、彼女たちにも届く。そう言うわけで、彼女たちの卒業論文は例外なく「A」になる。「勘違い」も利用して勉強させるのが、教師の努めだ。

ところが、男子学生にも勘違い組はいるものだ。僕が成城大学出身だから「先輩」として見ているのだろう。

「おー、千秋！　俺は、一〇年後には千秋よりもビッグになっているから、見ててくれよな！」
「あのなぁ、どうして俺が「ビッグ」なんだよ。勘違いだぜ。お前の目標はもっと上だろう。」

これもメッセージは同じだ。「僕に認められたかったら、勉強しなさい」と「電波」を送る。彼の卒業論文も「A」だった。

こうして、お祭りの季節は過ぎていった。

雑用とは何か

大学の教員にとって一番シンドイのは、六月である。夏休みまでのカウントダウンにはほど遠いし、何と言っても祝日が一日もないのが辛い。梅雨入りしてジットリした気候も、疲れを増幅させる。授業も、やや緊張感を欠きはじめる頃だ。四月二九日の「昭和の日」も結構だが、六月にも祝日がほしい。理由がないなら「六月の日」ではどうだろうか。「梅雨入り記念日」でもいい。

五月の連休明けぐらいから、大学の運営も本格的に始動し始める。様々な委員会や入試問題作りなどの作業が本格的に始動するのだ。これを「雑用」と呼ぶ教員が少なくない。たしかに、どう見ても無意味な委員会があるのは事実である。無意味に長い会議があるのも事実である。教授会でも延々と発言し続けて、多くの教員の時間を空費させる教員がたまにいるものだ。しかし、多くはそうではない。それがなければ、大学が動いていかないような会議なのである。それは「雑用」だろうか。僕は必ず「校務」と呼ぶ。

現在、約三割の大学が学則定員を充たすことが出来ていない。つまり、欠員を出している。今後一〇年から二〇年の間に、全国の大学の三割は消えてなくなるのではないかとも言われている。少子化が止まらない以上、たぶんそうなるのだろう。大学は「ヒット商品」の開発でどうにかなる組織ではないし、輸出産業でもないから、「生き残り」の戦略も限られてくる。そこで、どこかがはじめてちょっとでも成功すれば、どこの大学も同じような「改革」にしのぎを削ることになる。まるで、「どの大学も同じ」になるために「改革」しているような奇妙な事態に陥っている。しかも、その「改革」は世間の目に見えるものでなければならない。あからさまに言えば、ニュースにならなければならない。一つの所にじっとしていられない。まるで、「焼けたトタン屋根の上の猫」である。これでは、地道な日々の「教育」はまるで意味がないかのようだ。

その結果、最近の大学で校務が激増しているのは事実だ。もちろん、そういう状況には改善の余地がある。いまのままでは研究はもちろん、授業の準備さえまともにできにくい状況なのだから。大学が金儲けのために教員を減らすことばかり考えていたのでは、ろくな教育はできない。しかし、専任の教員は校務を含めて、決して少なくはない給料をもらっているのだ。それに「あなたが校務をやらなければ、必ず誰かにしわ寄せが行くのだ。あなたはそんなに偉いのか?」と、校務をサボる教員には言いたくなる。実際、大学には校務を徹底的にサボろうとする教員が少なくないのだ。

中には「授業があると、自分の時間が取れない」などと言い出す教員までいて、大学は「何様」の巣窟かと言いたくなることがある。授業が厭ならサッパリと大学を辞めればいいし、校務が厭ならたとえ収入が激減しても非常勤講師でいればいい。それとも、自分が「大学教授」の肩書きがなくても「筆一本」で食べていけるとでも思っているのだろうか。やれるなら、どんどんやってみるがいいではないか。テレビやマスコミに頻繁に登場し、本を乱作する「有名教授」や「有識者」の授業がお粗末なのは、この世界では周知の事実だ。きちんと両立させるのが、職業倫理というものだろう。

逆に、「校務」と称して学内政治にいそしんでいるのを、「俺はこんなに学内で働いている、忙しい忙しい」とそれとなく自慢している教員もいたりする。しかし、学内政治にかまければ、授業内容がいい加減になるのは当然の成り行きだ。デタラメな授業をやって大学生をダメにした上に、研究をする気がまったくないという意味で、これも大学の教員としては失格だ。大学の教員の給料は、研究活動も込みになっているのだ。

偏差値の高い大学なら授業の質も高い、とは限らない。それは学生が一番よくわかっていて、一流の高校を出た学生などは「僕の大学の授業の中には、高校の授業のレベルを下げてつまらなくしたようなのがあるんですよ」とか、「もっと偏差値の低い大学にいる友達の方がちゃんとした授業を受けているし、もっとよく勉強しているんですよね」とか、こっそり教えてくれるものだ。金儲けだけしか考えていない大学は、だいたいこういうことになる。いまの学生はいろいろな大学の授業に潜って比べていたりするから、学生の方が自分の大学の授業や学生自身のレベルをよく知っていることがあるのだ。多くの学生を失望させる大学は悲しい。

大学の教員は「教育」「研究」「校務」がバランスよくできてナンボの職業なのである。両立ではなく、鼎立とでも言うべきか。当たり前の話だ。もちろん、世界的に通用するようなノーベル賞級の研究者にまでこの三つの条件をすべて求めたりすべきだと言いたいわけではない。そういう教員は多少バランスが悪くても、研究で世の中に貢献してほしいし、大学の名声を高めてほしいとも思う。しかし、そういう教員は何百人に一人程度の割合しかいない。「僕やあなた」はそうではないのだ。

ただ、教育は絶対条件だが、激務の役職にやむを得ず就かざるを得なかった時期には研究が手薄になることはしかたがない。僕たちはみんながスーパーマンではないのだし、厭でも誰かが役職に就かなければならないのだから。そういう時期には、校務と研究を足して二で割って平均点なら十分合格だと思う。だから、成城大学文芸学部の「業績報告」の冊子には校務の項目が設けてある。研究だけで大学の教員を評価する時代は終わったのである。また、病気などの理由で研究や校務が十分に果たせない時期があるかもしれない。そういう時にはお互い助け合うゆとりは失いたくないと思う。

しかし、校務はどうしても何人かの教員に偏る傾向がある。そこで、何人かの教員にこういう提案をしてみたことがある。点数制を採用するのだ。たとえば学部長は五点、ふつうの委員は一点という風に校務ごとに点数を決めて、一〇点に達したら、あとはその教員には校務を押しつけないルールを作るという制度だ。途中から採用される教員もいるわけだから、五年ごとに一斉にリセットして、全員また零点から始めることにする。こうすれば、校務をある程度平均して負担することができるはずだ。ところが、「じゃぁ、あの人に委員が回ったらどうするの？　成城を潰す気？」という声が大きくて、まったく相手にされなかった。僕も「それも、そうだな」と思って、正式に言い出しはしなかった。

もっとも、「掃除はゴミの移動にすぎない」とか「締め切りのある仕事は、すべて雑用である」なんてカッコいいことを書く人もいる（前の方は関係ないか）。ここまで来ればいっそ潔いと言うものだ。要するに、自分で勝手に「ライフ・ワーク」と思い込んだこと以外は何もやらないということなのだろう。そして、そういう人に限って「ライフ・ワーク」はいつになっても完成しない。いずれにせよ、これはフリーの立場を選んだ人間だけに許される生き方だ。

もっと上手に書けたはずなんですが

学生にレポートを返却するとき、口頭でもちょっとコメントをする。するとたいていの学生は、こんな風に言う。

「もっと上手に書けたはずなんですが。」
「もっと上手く書きたかったんですが。」

では、どうして上手く書けなかったのか。言いたいことは色々あるのだろう。

「時間が足りなかったんです。」
「じゃぁ、どうして計画的に準備をしなかったの？　僕がレポートの締め切りを決めたのはひと月以上前なんだよ。」

「勉強不足だったんです。」

「では、勉強すればよかったじゃないか。」

「言いたいことはもっとあったんですけど、上手く文章にならなくて。」

「では、時間があれば「言いたいこと」が上手く書けたの？」

「……」


学生の言い分は、たいてい同じ構造を持っている。要するに、「〈いま・ここ〉にいる自分は満足していない。その「満足していない私」こそが「本当の私である」」と言いたいのだ。「満足していない私」、つまり「立派な批評眼を持った私」こそが「本当の私」だと言うことで、レポートを書いてしまった「上手く書けなかった自分」は「本当の私」ではないと言い張るのだ。いま僕の目の前にいて、過去の自分を批判している立派な「私」だけが本当の「私」だと言いたいわけだ。つまり、ほんの少しだけ過去の自分を「あれは、私ではない」と否認することで、〈いま・ここ〉にいる「私」を守ろうとするのである。

「眼高手低」という言葉もあるくらいだから、学生の言い分にももっともなところがあることは十分承知している。それに彼らにもプライドがあるのだから、そういう逃げ道を残しておかないと学生を追いつめてしまうことがあるとも思う。しかし、学生にいつもそういう逃げ道を許していたのでは、いつまでたっても「書けない自分」と向き合おうとしない。「書けるはずの私」に逃げ込んでしまうのだ。その退路を断つことが、成長するための条件なのである。だから、僕の授業は学生には精神的にもシンドイとは思う。

「「もっと上手く書けたはずの私」なんてどこにもいないんだよ。「これだけしか書けなかった私」以外に「私」はいないんだよ。いま目の前にしている文章の外《そと》には君はいないし、この文章が君のすべてなんだよ。」

ここまで追いつめてなお逃げ回る学生には、成長はやってこない。

第二回のレポートの提出の時期だった。発表のレベルを見て、今度は一〇枚以上ということにした。まだ二〇枚は無理だと思ったのだ。しかし、中には中田麻里のようにいきなり六〇枚近く書いてきた学生もいた。あまりに力作すぎて紹介できないのが残念だ。それに、書きたいことが溢れて処理しきれず、まだちょっと構成がスッキリしていなくて、完成度が低かった。そこでここではこの時期としては平均的な、中井貴子のレポートを見ておこう。

中井貴子は、いま『JJ』から飛び出てきましたという感じのスタイル抜群の美人だ。実は、僕の演習やゼミにはこういういかにも「成城風」の学生は珍しいから、授業の初めの時間には「冷やかし」かと思っていた。どうして、キツイとわかっている僕の演習に来たのか、不思議に思っていた。そうしたら、彼女はアナウンサー志望だったのである。そこで、学生時代に知的な言葉を身に付けておきたくて、僕の演習に食らいつく覚悟で来たのだった。

しかし、失礼ながら、見かけによらず純情な面を持ち合わせているらしい。

「みんな私のこと遊んでるみたいに言うんですけど、誤解なんです。」

「ん？　どういうこと？」

「いまの彼とはもう何年も続いてるし。」

「浮気はしないわけね。」

「たまにはほかの男の人と飲みに行ったりするんですけど、みんな彼にばれちゃうんです。」

「ばれるって、君の方から白状するんでしょ。」

「そうなんですけど……」

「要するに、一途なわけね。ま、お惚気《のろけ》だね。」

この会話は、僕から聞き出したのではないので、念のため。彼女は根性があって、キー局は無理だったが、最終的には地方局のアナウンサーになった。みごと、初志貫徹である。

中井貴子のレポートは、そんな自分と等身大の「女」から見た三四郎である。

三四郎、女達から見た彼の姿

中井　貴子

三四郎は大学に通うために東京に来た。彼は熊本ではエリートの部類に入っていたが、東京へ来てみると、どこか自分がそうでもないように感じたりもする。また、熊本ではエリートの道を進むために教育を受けていたから、女性に対して知識などが乏しいこともあって、どうやって接したらいいのか黙り込んでしまうこともしばしば。また、想像ばかり膨らんでズレが生じることもある。

そんな三四郎を女性はどう見ていたか。三四郎は東京にでてくる途中に汽車の中で女と出逢う。三四郎はその女をお光さんと比べてジロジロと見ていた。その時の女の心の内はというと、夫は半年前から音信不通で子どももまだ小さい。でも、この先ずっと親にたよるわけにもいかず、心配でもあるが、どうにかしなくてはいけない。そんなことを考えながらただ外見だけは普通にとりつくろっていた。

色々なことに思いを馳せながらも三四郎の視線を感じていた女は、ふと宿のことを考える。宿に案内してくれる人もいないが、さっきから自分のことを気にしている男がいる。女はトイレから帰ってきて、三四郎に頼もうかと思い、正面に立ったままになる。しかし、初対面の男にそんなことを頼んでもいいものかとボーッとしていると三四郎が眼を挙げたので、我に返り思い切って三四郎のすぐ前へ行って窓から外を眺めていた。

するると、食べ終えた弁当を三四郎が窓から投げた。それがちょうど女の顔に当たり、三四郎はただ謝った。女はその時決心がついた。今までジロジロみていた上に、弁当まで顔にあたった。そのおわびとして宿くらい紹介してもらってもいいのではないかと。

そして女は三四郎がどんな男であるかを見極めるため、ただ一言二言話すだけで三四郎にくっついていく。さらに女は三四郎の背中を流してさしあげましょうとお風呂に入ってみたが、三四郎の行動からみてまだ子どものようだと思った。寝る際も、のみがでるからと言って布団に仕切りを作る三四郎を見て、自分の思った通りの男だと確信する。

そして別れの時にはなった、三四郎を一気にどん底にでも落としたかのような「あなたは余っ程度胸のない方ですね」という一言は、エリート意識をもった三四郎の鼻をこの女がへし折ってやったことになる。ここに三四郎のエリート意識で固まった自尊心と、実はそんな三四郎も大した男ではないという周りから見た三四郎というズレが生じている。

このようなズレは、次に汽車の中で出逢う、のちに広田という人物であると知ることになる男との間でも生じる。三四郎はこの男を見下し、自分はさもエリートだと自認しているが、この男は豚の話をしてにやにや笑っている。「御互に豚でなくって仕合せだ」などと言いつつも、三四郎を豚のように見下している。三四郎はこの男と話していて不快になった上に、昨日の女のことを思い出したことから、この男と昨日の女は三四郎の中では同一人物のようであり、この二人は三四郎に同じような感情をもったことがわかる。

熊本に残してきたお光さんはというと、何かとうるさい女で、三四郎は東京に来て、彼女と離れられたことが有難《ありがた》かったと言っているが、いざ東京にきてみるとお光さんのような人も悪くはないと感じる。

母の手紙でお光さんが鮎をくれたことを知った三四郎は、お礼に髪飾りか何か買ってあげようと思い起こした時があったが、勘違いするといけないから何も買ってあげないことにした。三四郎はお光さんが自分のことを大そう好きであると思っているが、そんなこともない。実際、母から送られてくる手紙の中で「この間御光さんの御母《おつか》さんが来て、三四郎さんも近々《きんきん》大学を卒業なさる事だが、卒業したら宅《うち》の娘を貰ってくれまいかと云う相談であった」ということから、古くからの家の付き合いもあったことだし、家同志仲が良い。それに熊本では三四郎もエリートであるのでちょうどお互い条件がいいからといった具合ではないか。

但書で、御光さんも嬉しがるだろうとは書いてあったが、当人同志の問題ではなく双方の親同志で決めているようなものだ。だからお光さんにとって、三四郎は学歴もあるし家のものが大そう乗り気で結婚相手にしてるようなので、「彼でもいいわ」位なものである。

三四郎が東京で初めて好きになる女性と池のほとりで出逢う。彼は例のごとくその女と看護婦を隈なく見る。彼女たちはその男があまりに見てくるので、近寄ってどんな男か見てみましょうといわんばかりに彼を見に来た。何げない会話をしながら三四郎を見た女に、三四郎はある窮屈な感じを覚える。それは汽車で出逢った女性に別れ際の一言を言われた心持ちと似ているということから、三四郎はこの女に対しても汽車の女と同じことをしてしまったのである。そして、三四郎はある種の自分でも分からない矛盾に頭を痛めるのだが、それは女への憧れと現実の矛盾が最たるところだ。

そして彼は勝田さんの従弟にあたる野々宮さんという人の妹が池で逢った女ではないかと色々想像していたが、そうではなかった。妹よし子の病室を訪ねて帰る時に逢った女こそ池の女であった。彼はその後、広田先生の引っ越しを手伝いに行った時、この女に再び逢うことになる。

そこで交わした会話で、この女は三四郎と池の端で会ったことを覚えている。しかし彼に対する話し方はやや他の人よりもぶっきら棒で、三四郎を見下し、広田先生や野々宮さんに対して示す程度の尊敬の念も、三四郎には少しもない。また、美禰子が掃いたあとを三四郎が雑巾を掛けていたり、梯子段に上がっておいて、三四郎を呼び出して「暗くって分らないの」だとか言って三四郎に窓を開けさせたりしている所からも、とても尊敬しているようには見えない。

例えば、「何を見ているんです」という質問に対して「中《あ》てて御覧なさい」と質問で返し、「ボーア」という言葉を知らない三四郎に対して「まあ」と言い、説明してあげたり、三四郎が「雲はみんな雪の粉で」と言えば「雪じゃつまらないわね、雲は雲でなくっちゃ不可《いけ》ないわ」と言う。

しかし、与次郎が手伝ってくれと頼めば「ただ今参ります」と言い、広田先生の本を見ては「大分御集めになりましたね」と言う。

たしかに、今あげたばかりが美禰子の言葉ではない。しかし、美禰子の言動を見ているとやはり三四郎はこの女にとって愚弄の相手であっても決して恋愛の対象ではない。

しかし、彼女も三四郎を少し見直したこともあった。それは菊人形を見に行った時だ。彼女は気分が悪くなり、外に出ようと三四郎に言い、どこか静かな落ち着ける場所はないかと尋ねる。すると三四郎は人通りの多くない、静かな場所に連れていく。その時の行動は広田先生の引っ越しの手伝いの時とはまるで逆の立場になっていた。

三四郎はその後も美禰子のことを考えてみたり、美禰子の心の内を探ってみたりするわけだが余計わからなくなってしまう。そんな三四郎にも、美禰子が少しでも自分をよく思ってくれているのではないかと思えるような出来事が起こる。それは、三四郎が与次郎にお金を貸したのだが一向に返ってこない。だが家賃を払う日が近づいてきたある日、与次郎がお金を返せると言うが、それは美禰子から貸してもらえて、それを三四郎に返すと言う。

しかし、美禰子は与次郎では不信用だから直接はあげられないと言う。だから三四郎が直接とりに行かねばならぬということであった。三四郎は自分は信用されていると思って、少し嬉しがったが、実際与次郎はいい加減な男であるのを美禰子は知っていたからそうしただけであった。

三四郎が美禰子の家を訪ねたところ、「とうとういらしった」という親しげな口調で迎えた美禰子に、また嬉しく思う。また、応接間で待たされた三四郎は自分に逢うために奇麗な格好に着がえてくれたのかと思ったが、彼女は原口からもらった丹青会の展覧会を見に行くためのようなものだった。

展覧会へ行く途中、会話をしていたが三四郎は気の利いたことが言えずに黙ってしまったことがあった。美禰子は三四郎のそんな所にいつも物足りなさを感じていた。

展覧会に行ってみると、絵画のことについてもあまりよく分かってない三四郎に「随分ね」と言う。彼女は自分よりも知らないことがある三四郎にまた物足りなさを感じる。だから、唐物屋で三四郎に「これはどうです」と言われた時、あっさりとそれに決めてしまった。

三四郎は熊本ではエリートで母やその周りの人を客観的に見ているが、そこを一歩出ると、三四郎は自分が思っているほどの人物ではない。この中で、女は三四郎を客観的に見ていたと思う。三四郎の思っていたことも見えていたし、女自身がとる行動に対して三四郎はどのように感じ、行動するかということもだいたいは予測がついていたのである。

『三四郎』は一三章以外は三四郎視点で書かれているわけだから、女の側から三四郎を読むのはそれなりに面白い試みだと言える。途中で三四郎視点に変わってしまうなど、レポートとしての完成度は高くはない。最後の「客観的」という言葉の使い方なども、「新入生」のレベルだ。人が何かを「客観的」に見ることなどあり得ないということを学ぶのが大学という場なのだが、「新入生」はまだ人が「神の視点」に立つことができると思っている。そこで、点数は七〇点。僕のコメントはこうなった。

作中人物になりきって、美禰子たちから見た三四郎というテーマにしたところが面白い。タイトルは「私は美禰子」なんてのはどうだろう。今回はこれでいいが、「レポート」にするためには、なぜ美禰子が三四郎をこんな風に見るのかを、小説全体を視野に入れて論じる必要がある。今回のレポートには根拠が何も示されていないから、七〇点はアイディア賞みたいなものである。

このレポートを読めば、中井貴子が折り紙付きの「良い子」だということがわかるだろう。ピリッとしたところがなく、ストーリーを追っただけという趣もある。しかし、視点の変換は面白い試みだ。だから、僕のコメントは、レポートの可能性の中から、やや強引に一つの方向に誘導するものにしたのである。ただし、こういうアイディアをきちんとレポートに仕立て上げるには、まだまだかなりの勉強が必要だ。実際中井貴子は途方に暮れて、質問に来た。

「どうすれば、美禰子から読むことができるようになるんですか。」

「一つは君の想像力で小説に近いものを書いてしまうこと。もう一つは同時代の女性に関する言説を調べて、美禰子が考えそうなことを、資料を使って作り上げることかな。それには図書館にあるマイクロの『明治期婦人問題文献集成』が役に立つと思うよ。」

「わかりました。やってみます。」

こういう質問をしてくるところから察するに根性はありそうなので、今後が楽しみだと思った。それからもう一つ。僕の長年の経験からすると、頭のいい学生が必ずしも文章が書けるとは限らないが、文章が書ける学生は間違いなく頭がいい。中井貴子の文章は明らかに書き慣れていないし、素直すぎて物足りないところもあるが、鍛えれば伸びると思ったのだ。

少し違ってきたぞ

『三四郎』の第四章には、三四郎が「田舎」「学問」「恋」という三つの世界の間で揺れうごき、最後に「国から母を呼び寄せて、美しい細君を迎えて、そうして身を学問に委《ゆだ》ねるに越した事はない」といういかにもご都合主義的な結論に至る場面がある。テクスト解釈上「おいしい」はずの広田先生の引っ越しの場面はまったく無視されて、この三つの世界をまとめるだけの発表になりやすい章なのだ。悪い予感は当たって、そうなってしまった。仕方がないから引っ越しの場面を論じた有名な論文を参考にして読み直す課題を出す。

この論文は、引っ越しの場面で二つの『オルノーコ』が話題になることに注目している。一つは、アフラ・ベーンという作家の『オルノーコ』という小説で、もう一つはそれを脚本化したサザーンの『オルノーコ』である。この場面において脚本の方へ話題を集中させることで、三四郎の恋が喜劇的な結末に至ることを予告していると論じている。『オルノーコ』は翻訳も出ているので、翻訳に当たって、その論文を批判的に受け止めてほしかった。しかし、結局はその論文の紹介に終わってしまった。

もう六月だ。そろそろいい発表が来ないと、授業運営として厳しい時期になってきた。

そう思っていたら、例の長島健次が少しレベルを引き上げてくれた。第五章は、有名な団子坂の菊見の場面が中心で、美禰子の口から「迷える《ストレイ》子《シープ》」という謎めいた言葉が三四郎に投げかけられるところである。「謎」とは、それを解くようにし向ける意味で誘惑であり、簡単に解いてはならないという意味で拒否でもある。いきなり「恋」の応用問題を与えられたようなもので、三四郎は悶々とするしかない。

しかし、長島健次は美禰子に注目した。当時の読者には美禰子は広い意味での「新しい女」と見えただろうが、美禰子の行動を子細に見ていくと、「新しい女」としては「挫折」しているのではないかと言うのだ。この場合の「挫折」とは、自分から恋の主体となることはしないで、様々なやり方で（たぶん、結婚を望んでいた）野々宮の気を引きながら、結局は「待つ」ことしかできなかったことを意味している。女性が恋の主体となることが許されなかった時代にあって、美禰子もまた「新しい女」にはなれなかったと言うのだ。

これは、研究史上は少数意見であって、学生の発表でそこまで辿り着いたのはなかなかのものだ。三年生だけあって先行研究もそれなりに読み込んでいる。なによりも、テーマを絞り込めたのが成功した理由だ。

第六章は、男たちが美禰子を「イブセンの女」のようだと評し、学生の親睦会があり、運動会がある。なかなか盛りだくさんの章だ。この当時「イブセンの女」と言えば、『人形の家』のノラのことを指してると考えるのがふつうである。「自分らしい生き方」を求めて「家」を捨てる「新しい女」である。『三四郎』の男たちには、美禰子がそういう風にしか見えなかったのだ。この男たちの美禰子観と、実際に美禰子がやっていることとの落差にまで注目すると、面白いテーマが見つかりそうな章だと言える。

しかし、担当の中田麻里は五章の発表を受けた形で、「排除される〈新しい女〉」というテーマで発表した。男たちの美禰子を見る見方に寄り添って論じてしまったのだ。中田麻里こそがすでにダンスで自活して、学費も自分で払っているいわば「新しい女」なのだから、当然、発表はフェミニズム批評の枠組を採用する。

男たちは謎めいた美禰子を自分たちの手持ちの言葉に「翻訳」しようとする。つまり、美禰子を自分たちの言葉に回収しようとする。しかし、回収しようとすればするほど、美禰子の内面は「謎」としての性格を強めていって、結局は「翻訳」できない。そこで、男を堕落させる世紀末的な「宿命の女」としてイメージされてしまうことになると論じた。大きなA3判で四枚のレジュメの最後の一枚は、英文学科の学生らしく、西欧の世紀末が「宿命の女」を不気味なものとして描いた図版資料だった。最後は、文学的イメージの枠組を使って「新しい女」としての美禰子を論じようとしたことになる。

全体としてブラム・ダイクストラ『倒錯の偶像　世紀末幻想としての女性悪』（富士川義之ほか訳、パピルス、一九九四・四）の強い影響下に構想された発表であることは一目瞭然だったが、二年生でこれくらいきちんと影響を受けられればむしろ優秀である。それに、実際に美禰子がバタ臭く描かれていることは間違いのないことなのだから。ただ、演習の流れからすれば、できれば長島健次の発表をもう少し引き継いで、この結論からもう一度美禰子の側に立ってほしかったところだ。そうはならずに、いかにも教科書的なフェミニズム批評になってしまったのは、少し残念だった。

第七章は、広田先生が二〇世紀の人間を「露悪家」という言葉で一括りに説明してしまう場面が中心である。沢村果林は、この「露悪家」という言葉を頼りに、主な登場人物のどこが「露悪」的かを分析しようとしていた。ただ、肝心の「露悪」という言葉をきちんと定義できないまま分析を行ったので、平板な解説にならざるを得なかった。

これはよく見られることだが、こういう具合に一つのキーワードを定義しないまま使うと、キーワードにあまりにも多くの意味が付着してしまって、キーワードが比喩になってしまうことが多い。つまり、何でもかんでも「「露悪」的に見える」、あるいは「「露悪」のように見える」と言うことになってしまうのだ。「露悪」が比喩になってしまうとはこういうことだ。これは、大学院生レベルでもよく犯す過ちである。

それでも、テーマはきちんと絞り込めていた。学年の半ばにして、なんとかここまでは来られた感じである。

第六章　夏休みには書店を回ろう

本棚を読む

ちょっと短い、ティー・ブレイクといった趣の章にしよう。

僕の住んでいるのは川崎市多摩区の小規模なニュータウンで、神奈川都民がほとんどだと思う。それでも、町の消費活動はニュータウンの住民がかなりの割合を占めていると言えそうだ。ところが、町の書店がお粗末なのだ。昔からある書店は論外だった。そこへ、数年前に京王電鉄系のK堂ができたので期待していた。K堂はチェーン店としてはあまり信頼できない方だが、まぁ地元の書店よりは規模も大きいし、それなりの本を置くだろうと思っていた。実際、開店当時は講談社選書メチエや新潮選書なども置いてあって、ちょっとこの町の住民を買いかぶりすぎではないかと危惧したくらいだった。

その危惧はみごとに当たってしまって、程なく選書の類はすべて撤去された。あとは、ベストセラー本と雑誌だけ。文庫の既刊分さえ十分にはそろっていないし、唯一人文書らしき本としては新書の棚があるのみだ。しかし、毎月の新刊は一応出るものの、売り切れてもそのままである。

既刊分もほんの少しだけ。しかも、それさえ番号順に並んでいない。最低限のやる気もない書店となってしまった。しかし、店員のレベルの低さだけを嘆いても仕方がない。町の書店はそこの住民が育てるものだからだ。だから、この町は所詮その程度の知的レベルだと宣告されたようなものだと言っていい。

仕方がないから、急ぎの時は京王線で二駅先の調布に出て、パルコブックセンターで何とか用を足すことがある。最初の頃は芸術関係の本が充実していて、ちゃんとパルコブックセンターだった。ところが、数年前に増床した頃から怪しくなってきて、最近リブロに変わってからは急に棚が荒れだした。人文書の棚の細かい分類は滅茶苦茶だし、新書の棚はスカスカなのだ。選書の棚に至っては、貧弱の一言。どういうわけか、リブロになってから池田大作や大川隆法の本がやけにたくさん置かれ始めたように感じる。要するに、使えない書店になってしまったのだ。

昔のリブロは美しかった。特に田口久美子さんが店員として働いていた頃のリブロ池袋本店は、哲学の棚が放射状に置かれて、その先に関連の棚が配置されるなど、書店全体が一つの宇宙を形作っていた。それは、芸術と呼ぶしかないような美しさだった。「業界」では「今泉棚」という呼び方まであったのだ。ところが、店長が替わってからまったく様変わりしてしまった。人文書が売れなくなった時期と重なったのも不幸だったと思う。ただ、いまでもアート関係と詩集に特徴があるほか、地下の新刊本のコーナーはお祭りのようで楽しい。大型書店は、ある意味では祝祭空間でなければならないと思う。たとえば、デパートがそうであるように、だ。

いまは、プロとセミ・プロ級の読者はリブロのはす向かいのジュンク堂池袋本店に行くのがふつうだ。とにかく本が多い。分類もしっかりしている。現在、最も信頼できる書店だと言ってい い。いまは田口久美子さんはこちらの副店長。しかし、図書館のようなコンセプトの作りには、かつてのリブロが持っていたような面白みが不足しているのも事実だ。ジュンク堂の経営哲学にある種の押しつけがましさを感じることも、正直に告白しておこう。それでも、月に最低一度は池袋に足を運ぶ。ごく最近になって通勤の乗換駅である新宿にもジュンク堂ができたので、紀伊國屋書店本店と合わせて使えば、新宿でもなんとか用が足せるようになったのはありがたい。

僕は、学会などで他の大学に行ったときには、必ずその門前の書店と古書店に寄ってみる。大学内に生協があるときには、生協の書店も見る。そうして棚を一渡り観察する。それで、その大学のレベルはよくわかる。書店では「おッ、この本が入ってるぞ！」とビックリしたり、「あの本も入ってないのか……」とガッカリしたり、感想は様々だ。古書店では僕にもわかるジャンルの品揃えと値段を見る。古書店を鍛えるのは学生たちだからだ。要するに、書店と古書店は大学の実力を映し出す鏡だと言っていい。いろいろ話をしてみると、これは人文系の教員に共通する認識のようだ。

ただし、成城大学の門前にある成城堂は書店とは言えない。本の倉庫だと思うべきだろう。大学院生たちは「絶版になった文庫や新書を探すのには便利ですよ」と、半ば自棄気味である。成城学園前駅の向こう側にある江崎書店の荒廃ぶりもすごい。アイ・ブックスという質のいい書店ができて喜んでいたら、これは二、三年で撤退してしまった。僕は学生たちに「君たちが買い支えないから、唯一のまともな書店が成城の町から撤退しちまったんだぞ」と、真面目に怒った。

これが、成城大学の悲しい現実である。僕が成城大学の学生に大型書店を回るように言うのには、こういう理由があるのだ。

夏休みには大型書店を見て回ろう

学期はじめのガイダンスで、定期的に大型書店に行くように勧めてあった。しかし、特定の書店だけに行っていたのでは、批評眼は磨かれない。知的な大学生なら、書店に入った瞬間にその書店のレベルを判断できなければならない。そこで、夏休みには大型書店巡りの課題を出した。こんな具合である。

夏休みの課題（近代国文学演習Ⅰ）

夏休みは学生時代の特権です。思い切り遊ぶもよし、読書・勉学に励み有意義に過ごすもよし、これ以上ないほど退屈するもよし、中途半端に過ごすもよし、何をしてもよいところが特権たる所以です。学生時代が終われば、もうこんなにまとまった自由時間は、定年になるかリストラされるかしないとやってこないのです。そのことだけは意識しておいてください。

ところで、君たちに与えられたもう一つの特権は、東京の大学に通っていることです。

夏休みの課題は、このもう一つの特権をフルに生かしたものにしたいと思います。

東京の大型書店に足を運び、それぞれの特徴をレポートしてください。棚を観察するもよし、客層を観察するもよし、トイレなどのサービス機能をチェックするもよし、見るべきところ、比較すべきところはいくらでもあります。レポートの形式・分量は問いませんが、最低限左記の書店は必ずまわってください。これだけ見ておけば、大学生として書店の個性や質を見分ける目が肥えると思います。

それぞれのエリアで、いまはやりのカフェに入ってもいいでしょう。カフェはいまその街の客層を読むのに一番いい場所だからです。このほかに、各自の興味に従ってできるだけ多くの書店（小規模な専門書店を含む）を実際に見てみることが望ましいと思います。

レポートは後期の最初の授業時に提出してください。

池袋エリア

ジュンク堂池袋本店

リブロ池袋本店

芳林堂池袋店

新宿エリア

紀伊國屋書店新宿本店

紀伊國屋書店新宿南店

青山ブックセンター新宿ルミネ店

渋谷エリア
ブックファースト渋谷店
T堂書店
パルコブックセンター渋谷店
神田神保町エリア（このエリアでは古書店をできるだけ多く見ること）
三省堂書店神田本店
書泉グランデ
東京駅エリア
八重洲ブックセンター本店
丸善日本橋店

二〇〇二年当時の課題だから、いまはすでに消えてなくなった書店もある。

恥ずかしながら、僕自身の本が出たときには、だいたいこれら全部の書店を回ってみる。当然、書店によって僕の本の扱いは異なる。だから、一口に「大型書店」と言っても、店員の好みや売れ筋の本が異なるということを（もっと言えば、僕に対する評価が異なることも）、身に染みて知っている。そして、これら全部を回るのは結構時間がかかることも知っている。暑い夏に大変な課題だったと思う。たぶん嫌々こなした学生もいただろうが、意外にも書店巡りを楽しんだ学生の方がずっと多かった。回り方や観察の仕方にも個性があったし、レポートもふだんのより断然生き生きしていた。「点数には入らないよ」と言ってあったのだが、全員がこのレポートを提出した。

学生大型書店調査隊

ユニークな観察項目を考える学生がいるもので、森園和宏は以下の七点について各書店を比較したのだという。

①本屋の棚。
②客層。
③トイレ。
④店の入り口に入った時点でのその本屋の第一印象。
⑤新刊本コーナーにどんなものが置かれているか。
⑥本屋に入ってじぶんのからだがどう変化を起こしたか。
⑦男のための男による店員（女）の美人度調査。態度も調査。

⑦はセクハラの気味合いがあるからノーコメントにして、⑥が文句なくヘンだ。「咳が出た」とか「眠くなった」とか「鼻水が出た」とか「汗臭くなった」とか「鳥肌がたった」とか「身体

の変化はなかった」とか、とにかく妙だ。真夏なので空調のことを言いたかったのだろうが、体を張ったこの「体験リポート」には笑わされた。

竹井麻由香は古書店にもよく行くが、新刊本なら以前はリブロ池袋本店の常連で、いまはジュンク堂池袋本店の常連と言う。書店に関してもセミ・プロ級だ。今回は、すべての書店の文庫売り場で刊行中の大西巨人『神聖喜劇』(光文社文庫)を探してもらう実験を試みた。ただし、探してもらってそれを買わないのも気が引けるので、すべての書店で「あの、これの四巻はいつ頃出ますか?」と、まだ未刊の第四巻の刊行予定を聞き直すという作戦に出た。

その結果わかったのは、ほとんどの書店員が刊行中の『神聖喜劇』自体を知らなかったという悲惨な事実だ。その中で文句の付けようのなかったのは、もちろんジュンク堂池袋本店だ。書名を聞くが早いかすぐそこまで案内してくれて、四巻の発売日も何も調べずに即答だった。この間三四秒。ブックファースト渋谷店は、時間はかかったものの丁寧な対応に好感が持てた。最もひどかったのがT堂書店だ。尋ねられること自体が迷惑だと言わんばかりに振る舞い、文庫が駅前店にあることを知らせるまでになんと七分四〇秒もかかったと言う。他の書店でも同じことを繰り返して、四巻の刊行日がわかるまでの時間は、平均して二分ほどだった。

これが、竹井麻由香の調査結果である。別に悪気はないのだ。書店の方が勉強不足なのである。店員教育をきちんとしてほしい。今回の「学生大型書店調査隊」の報告を読むと、ジュンク堂や阪急系列のブックファーストなど関西系資本の書店の店員教育がすぐれていることがわかる。やはり「商売」となれば関西なのだろうか。東京組にもしっかりしてほしいものだ。

そもそも、本の有無を聞けば必ず検索機に向かうしか能のないような、本に対する知識も愛情もない店員ばかりで「書店」と言えるのだろうか。検索機があるからアルバイトでも勤まることは認める。しかし、自分の担当している棚の本ぐらいはちゃんと把握しておくべきだろう。

「レイチェル・カーソンの『沈黙の春』はありますか？」と、見知らぬ客。
「えーと」と、書店員は検索機に向かおうとする。
「それは新潮文庫に入ってますよ」と、僕。
「あッ、どうもすいません」と、書店員。

僕にも、見るに見かねてこういうお節介をした経験が何度かある。書店に並んでいる本が「流通在庫」などと呼ばれることは知っているが、書店は「倉庫」ではないのだ。書店に置かれているのはあくまでも「商品」なのである。「商品」知識のある店員を置いてほしいという要望は、消費者から見れば当然のものだ。書店にはよく考えてほしいと思う。しかし、僕の理屈ならこうも言わなければならないだろう。現在の大型書店の状況は日本の知的レベルを映し出す鏡である、と。

最後に、例の長島健次のレポートを全文紹介しておこう。実は、彼は紀伊國屋書店玉川高島屋店でアルバイトをしていた経験を持っているので、それなりにレベルの高いチェックをしている。これも悪気はないのだ。書店関係の方は、反省材料にしてください。そのほかの方は、純粋に楽しんでください。ただ、改めて確認するが、「調査」は二〇〇二年夏のものだ。その後、ずいぶん改良された書店もある。その逆の書店もあるけれど。

二千二年極私的書店分析

長島　健次

はじめに

私には「かかりつけの医者」ならぬ「かかりつけの書店」が3つある。自宅の近所に紀伊國屋書店玉川高島屋店があり、まずこれで、新刊の書籍の売れ行きを確認でき、文庫本なら大半が手に入る。少し専門性の高い本が必要ならば、普段からよく行く渋谷に出てブックファーストに立ち寄る。そこにもなく注文する時間も惜しい場合は、ジュンク堂に行く。この3つのほかは、洒落た洋書を見にタワーブックスに行き、気に入ったらアマゾンドットコムで注文したら、私の生活の中での書店の役割はもうない。

今回のレポートはまず、この「かかりつけの書店」を分析し、それからエリアごとの書店を分析していく。

私のかかりつけの書店

紀伊國屋書店玉川高島屋店——コンビニ

自宅から歩いて10分という近距離にあり、それなりの品揃えがあるのでよく利用している。ほとんどコンビニ感覚である。実際品揃えもコンビニ並であると私は思ってもいる。平台には売れ筋の本が一応平積みしてあるものの、店員の思い入れや哲学を全く感じることができない。人文関係は充実しておらず、文芸評論になると絶望的だ。品揃えが充実しているのは小学校のお受験関係の書籍だ。実際に働いていてわかったことだが、この店のお受験参考書の売れ行きはすさまじく、実は紀伊國屋書店全店でナンバーワンである。「こぐま会」という「お受験」参考書を扱う会社の問い合わせが本当に多い。以前、雑誌に二子玉川の印象はベビーカートと書かれていたが、この売れ行きからも小さい子供をもつ「ベビーカート族」が客層の大半を占めていることがよく分かる。

他にアルバイトしていて感じたことは客の反応が早いことだ。書評が出たらその日のうちに問い合わせが多数来て、夕方になる頃には大概売り切れてしまう。

しかし、一方で店側の反応は少し鈍いように思われる。例えばミシェル・ボー『大反転する世界』の場合は、雑誌『環』が4月に特集を組み、ついで朝日新聞が5月に書評を載せた後もなかなか店に出なかった。実際に平台に平積みされたのは、朝日の書評が載った2ヶ月あとの7月だった。

この店は3時以降のアルバイトの対応が絶対に不慣れである。なぜならばこの時間帯のバイトは入れ替わりが激しいからである。実際に、大体3ヶ月で辞めていってしまう人が多いのだ。

ブックファースト渋谷店

立地条件と品揃えの多さから最も利用している書店である。大学と自宅のちょうど中間点にあり、なおかつ周辺に飲食店が多数あるので友人との待ち合わせにも多用している。品揃えは全般に渡って充実している。実際、渋谷エリアでは最も品揃えが充実しているものの、その立地条件がなければ、史学を除いて人文関係はあまり充実しているとは思えないので、それ程利用しようとは思わない。

だが、雑誌、洋雑誌（ファッションを中心に）、飲食ガイド、旅行関連は充実している。雑誌は男性ものの情報誌のバックナンバーが充実している。具体的には『Esquire』『BRUTUS』『Seven Seas』そして休刊してしまった『GQ JAPAN』（その後、復活）など。この雑誌の充実振りと、その配置が一階であることが、待ち合わせの時に早く着いてしまった時のちょっとした立ち読みに大いに役立っている。そして実際に私が雑誌を最も買う書店はココだ。

しかし、洋雑誌は量は充実しているものの存在感が薄い。なぜなら、まず並べ方が詰め込みすぎで見にくい。そして、棚と棚との間のスペースが狭く、場所も隅の目立たない所にあるのだ。

そして土地柄的に飲食ガイドも充実している。一階には渋谷の飲食店のガイドが固めてあり、恋人同士がこれからいく店を話し合っている光景をよく見かける。

品揃え以外の要素はマイナス面が多い。まず閉店の際の店員の態度。一階では客数も多いことから5分前から閉店の知らせをするのだが、店員が各棚ごとにかなり執拗に連絡してくる。またトイレも狭く、いつも汚れが目立ち、またいつも混んでいる。だから私はこの店に寄る前には必ず近くのセガフレッドやスターバックスといったコーヒーショップで用をたしてから入店する。

ジュンク堂池袋店——約束の地

品揃えの量、本の見せ方、店員、店内全てが高レベルであり、私の中で間違いなく最高のお気に入りの書店である。

池袋に用があることはめったにないから、主にジュンク堂のために来ているようなものだ。駅前の喧騒を抜け、緑の灯りに照らされたガラス張りの建物、これこそが「約束の地」であるジュンク堂である。ここの品揃えはまことに豊富で、探している本が必ず見つかり、まさに「約束の地」といっても過言ではない。政府刊行物、JIS関連の本までも揃っている。人文関係の品揃えも素晴らしく、カルチュラルスタディーズのコーナーなら、なんと棚一本分ある。

品揃えの量だけでなく、その本の見せ方もすごくうまい。各階のエスカレーター付近にある特集のコーナーはバラエティに富んでいてなおかつ店の哲学もすごく伝わってくる。興味のないフロアでもその特集だけは見て回りたくなるほどだ。一番最初に訪れた今年の4月には『読むための理論』を強烈にプッシュしていた。

それぞれの特集が魅力的であるのは、単行本だけでなく文庫、新書も混じっていることが挙げられる。ブックファーストなど通常の大型書店は特集されているコーナーの関連書籍であっても、文庫、新書は専用のフロアとして完全に別にされている。単行本だけで特集を組むのであれば、内容も限られたものになってしまうのは当然であるし、各書を交えているジュンク堂の特集が充実して見えるのは必然である。

この文庫、新書を混合した特集を組めるのは、ジュンク堂の大きな個性のうちの一つにカウントすべきことである。なぜなら、この売り方は、大型書店でありながら精算を一括して一階のフロアで請け負っているジュンク堂だからこそできる芸当だと思うからだ。

通常大型書店は各階で精算を行うため、異なるフロアの商品を一緒にできない。それは商品を持ち歩く顧客側だけでなく、商品の陳列を行う店側に関しても同様であるものだと思われる。

また精算の面以外にも、商品の管理体制が挙げられるのではないか。文庫、新書を専門書に混ぜて特集を組めない店は、各専門の担当者に同じ分野の文庫、新書の管理を怠らせている。それとも、そこまでの管理を行えるスタッフを揃えていないだけなのだろうか。

スタッフに関しての印象も良い。以前訪れた時は、いつも一階にいる案内係の腕章をつけた中年男性に少し不愉快な応対を受け悪印象だった。しかし、今回私が店内を見て回った際に、平積みされた本を崩した時に非常に紳士的な応対をしてくださった素晴らしい店員に出会ったことで、一気に好印象に転じた。

日本最大の売り場面積を持ちながら、本以外の要素である居心地もとても高レベルだ。

時としてフロアの広さは快適さと相反する。例えば紀伊國屋書店の新宿南店は、その広さが独特の圧迫感を引き起こしてしまっている。新宿南店のうたい文句のひとつである日本最大級の売り場面積は「諸刃の剣」でもあるのだ。しかし、この問題をジュンク堂は凹型の空間構成によって解決したと思われる。凹型の空間が視界を一定に制限し、結果として広大なフロアが生み出す圧迫感を和らげているのだと思う。壁際以外の棚にはゆるやかな傾斜があり、本のタイトルが非常に見やすく、快適な視界を提供している。また、各階のシンメトリーな棚や椅子の配置が顧客の移動をスムーズにしている。逆に、リブロ池袋本店では配置が各階バラバラで、特に椅子に関してはわざわざ店内を探し回ってしまったほどだった。

また、店の外から目立つエスカレーター脇にある照明、店員の制服のエプロン、棚の脇に吊るされている張り紙、これらが全て上品な緑色に統一されてキレイだ。トイレも新しく清潔感がすごくある。特徴的であるガラス張りのガラスもいつもキレイで、よく掃除されているのがわかる。

蛇足だが、参考書の売り場の窓から大きく代々木ゼミナールの看板が見えるのは、意図的なのかどうか少し気になってしまう。

東京駅エリア

丸善日本橋店

漱石も通った書店ということですごく期待して向かったが、見事に期待を裏切られた。

別に格段趣があるといったわけではなく、フロアの色も白で、棚も別段凝っているわけでもなく、普通の書店である。品揃えは岩波、みすずが単独の棚に置かれ、人文関係は多少充実しているかのように思われるが、大型書店の中で唯一石原千秋『反転する漱石』を置いていていなかった。

丸善といえば洋書と思ったが、フロアの半分ほどしか占めていなかった。大型書店を数多く見ると、この洋書の品揃えは特筆すべきことの程ではないと思う。棚は他のフロアとは違い濃いモスグリーンのものを使用し、高級感を演出していた。しかし、それ以外のフロアだと、何か古臭い「デパート」のような雰囲気を感じてしまう。

フロア構成を見ると、三階にファッションという文字が書かれており、写真集などが充実してるかと思いきや、本当にファッション、洋服を売っていたのはすごくびっくりした。

しかし、洋服を扱っているにもかかわらず、店員の制服のセンスはいただけない。丸の内にアパレル企業が進出してる中、これは一体どうしたのか。日本橋が変わっていないだけなのか、丸善が単にダサイだけか。この真相を突き詰めるべく私は急遽丸ビルへと駆けつけた。

丸善丸ビル店――新生丸善か？

インテリアにベージュと紫をセンス良く配色しており、ファッショナブルになった。特にキャッシャーは広々としていて感じがよい。

旅行関連が入り口すぐ側にあることから、女性をターゲットにしていることも窺え、日本橋店に漂う古臭い「デパート」のような感じはない。ただ一つ、制服を除いては。アパレル関係のテナントが進出している丸ビルにおいて、そのファッションセンスのない制服は日本橋店以上に一層際立って見える。何よりも新しいインテリアなどもそのダサイ制服で全て台無しにしている。大至急改善すべきである。

八重洲ブックセンター本店──良くも悪くも丸の内

この書店には大きな思いがあった。父はよくこの書店から購入しており、その本にかけられている八重洲の素敵な花柄のブックカバーに幼少期の私は大変魅せられた。あの上品なブラウンと花柄に優雅を感じた。そしてこの素敵なブックカバーを作る書店もまた優雅なのであろうと思いを馳せた。が、その思いはみごとに花弁ごと引きちぎられた。

一階を除くほかのフロア全て辛気臭く、店にセンスが全く感じられない。まず照明が最悪。蛍光灯と白熱灯が無造作に並べられて、明かりに統一感がなく、その照明も行き届いていない場所が多々あり、全体的に薄暗く感じる。この薄暗さは立ち読みを防止するためなのであろうか。中年や初老のサラリーマンが多く、眼鏡をかけ視力が良くない客が多いのも明らかであるのに、これらの客層を全然考慮していないように思われる。

そして所々に書籍を薦める張り紙があるのだがこれもマタ酷い。

この店で最も期待を裏切られたのは制服だ。あのブックカバーの優雅さは一体どこにいったのか。女性店員は何故反乱を起こさないのか私には理解が出来ない。

これらのブックカバーを除くサービス的な面は絶望してしまうが品揃えは非常に豊かだ。

今回見た中でもトップスリーにランクされる。空間や制服といったファッション面は死んでいるが、中身はしっかり備わっている。こういった特色はある意味で古い丸の内をよく表しているもののように感じる。

八重洲ブックセンター国際フォーラム店——変わらない八重洲

丸善はインテリアなどを変え、丸ビルで生まれ変わった。しかし、八重洲は相も変わらず辛気臭い蛍光灯、白熱灯が入り混じる照明で、もちろんダサイ制服もそのままであった。照明の暗さは国際フォーラムの独特な作りからより強調されていた。本店は壁が白であったため弱い照明でも多少反射していたが、国際フォーラムの壁は灰色なので全く反射しない。また店の隣にあるインフォメーションセンターは明かりが蛍光灯で統一されており、ヤエスの統一感のなさ、そして照明の暗さが良く分かる。

渋谷エリア

パルコブックセンター渋谷店

私はこの店にはあまり個性を感じられなかった。たしかに洋書売り場のロゴスは際立っているが、和書は特にこれといった特色は感じられない。人文関係は話題のモノを多く取り扱っている。9月中旬の時点では高山宏を大きく扱っていた。他に雑誌はバックナンバーをそれなりに揃えているが、同じ渋谷エリアなら断然ブックファーストの方がよい。ただ、女性誌『装苑』のバックナンバーはブックファーストにはなく、この店の個性と言えよう。目立つ棚に置かれていて、店側も大きくプッシュしていることが窺える。

ロゴスは洋書とはいっても一般書やペーパーバックではなく、雑誌、デザイン、写真集、建築など「お洒落な」洋書を取り揃えている。インテリアもロゴスの部分だけ高級感あるつくりになっている。制服もパルコではエプロンがあるが、ロゴスは何もなく完全に違うベクトルで営業していることがわかる。

しかし、ロゴスが狙っているような洒落た洋書は、タワーブックスの品揃えの方が私の好みに合っている。

T堂書店——人文関係者、立ち入り禁止

品揃えは政府刊行物、医学書は充実しているが人文関係は絶望的だ。西洋文学は多少置いてあるが、日本文学は死んでいる。かろうじて全集が置いてあるが、とにかく少ない。評論ともなると絶望的だ。人文関係の良書を多数そろえている講談社選書メチエも隅に追いやられている。いや、隅というか、正確にいうとエスカレーターの裏で存在を確認するのが難しい最悪の場所だ。こんな場所では顧客の購買意欲を削ぐ。少なくとも私は絶対に買おうと思わない。店のスペースの関係もあるのだろうが、とにかくこの最悪の場所は出版社や著者や関係者に対して失礼であるように思う。

この人文関係の不足を見ると『東京ブックマップ』にかかれている「本のデパート」というたい文句には疑問をもたざるを得ない。

そしてこの店の難点は、移動が面倒であることだ。エスカレーターは登りのみしかない。また、下りの階段がおかれている空間を見ると、この建物がすごく古臭い感じがする。

青山ブックセンター本店――書店は地域の映し鏡

ファッション雑誌、旅行関係、国際関係の充実振りがすごい。特にファッション雑誌は洋書も殆ど揃っている。『VOGUE』『GQ』『marie claire』の全世界版のほとんどが手に入る。和雑誌もバックナンバーの充実振りがすごい。『装苑』はもちろんのこと、『ブランドBazar』などさまざまなものが手に入る。旅行関係は単なるガイド本だけでなく、体験記なども充実している。9月11日直後に店を訪れたこともあるだろうが、国際関係は品揃えの量のみならず、店頭にグローバル問題の書籍を特集したコーナーがあった。これらの特徴は「青山」という土地柄をよく表している。ファッションは美容師、アパレル業界が多い土地柄によるものだろう。旅行、国際関係は青学と国連大学によるものであろう。旅行は長期休みが特権の学生ゆえに。国際関係は青学の看板学部、国際関係学部によるものと、いわずもがな国連大学によるものだろう。

なおトイレはビル内のトイレを使用することになるのだが、そのトイレの近くにTOEFLの試験会場があり、試験終了時刻になると大変混雑している。設備は大変素晴らしい。

神保町エリア

三省堂書店本店

私の「かかりつけ書店」以外のランキングではナンバーワンだ。品揃えはブックファーストと八重洲本店の間ぐらいだが、文学のコーナーが大変充実している。人文系も素晴らしく、長らく翻訳が待たれていた話題の書ネグリ著『帝国』予約の受け付けの張り紙を大きく張っていた。その張り紙の付近には原著『Empire』も置いてあった。カルスタはもちろんポスト構造主義のコーナーも非常に充実している。

書泉グランデ――女人禁制

一番「濃い」書店である。鉄道、ミリタリー、競馬といった男の趣味本を多数揃えている。また建築関係も充実しているが、今流行している建築は、デザインの一環というよりも土木の一部であるといった店のメッセージが棚からかいま見られる。硬派な書店である。このような「硬派」といった男のロマン的なものだけでなく「汚い面」もこの店には見受けられる。本を出し入れした際に擦れた棚の汚れやトイレが狭く汚い点。そしてなによりもアイドル写真集、コミックを扱う地下一階。このフロアには間違っても女性を連れてきてはいけない。まず地下一階に行くまでの階段にアイドルの写真集の広告やコア系のマンガの広告が所狭しと張られていて、かなりヒク。一瞬秋葉原を髣髴とさせる。そして地下に辿りつくと明らかに他のフロアとは異質な汗臭い臭いが漂ってくる。アイドル写真集の棚に群がっている男共が臭いのもとであるかのように思われる。フロアの殆どをアイドル写真集が占めている。そしてこの棚の隣にはコミックのコーナーがあるのだが、コーナーを縁取る棚の高さが高く、ある種「異空間」を演出している。たとえて言うならレンタルビデオ屋のアダルトコーナーを髣髴とさせるような空間である。とは言っても、このコーナーには卑猥なものは見受けられなかった。こんな異質な空間中央になぜか女性誌が置かれているのが、この書店最大の謎だ。

新宿エリア

紀伊國屋書店新宿本店――スタンダード

大型書店の先駆けだろうが、これだけ大型書店を見ると、初代の個性たるものは中々見出しづらい。もちろん品揃えは充実していることは言うまでもない。私が眼を奪われたのは棚の並びだ。赤本が壁際の棚に敷き詰められていた光景は圧巻だった。束になった赤本は赤レンガを思わせるような美しさであった。

紀伊國屋書店新宿南店――ウドの大木

売り物である売り場面積の広さがアダとなっている。この広大さが逆に目を疲れさせる。似たような思いを、私はメトロポリタン美術館でも経験した。視界に入ってくる情報量の多さに辟易してしまうのだ。広大な面積を持つにもかかわらず、人文系の棚は一流のモノを置いてないように思われる。

青山ブックセンター新宿ルミネ店――アパレル

アートな書店である。デザイン系の書籍が充実しており、とくにグラフィック系はナンバーワンである。しかし、このアートな雰囲気を醸し出している大きな装置は、実はBGMにあるのではないかと思う。大抵の書店ではクラシック、ジャズ、イージーリスニングのいずれかに分類される音楽を流している。しかし、この店では他のルミネのアパレルのテナントと同じようなアシッドジャズ、R&B系の音楽を流しているのだ。

第七章　学生たちの秋

と思う。

はたから見れば、いまの僕はいろいろな意味で少し中途半端な立場を取っているように見える

ジャンルの意味

たとえば、僕の研究上の立場は「テクスト論」などと言われて、現代思想を踏まえた文学理論を使うので、まるで機械仕掛けのように見えていたようだ。そこで、ずい分早い時期から「石原は論文をパソコンで書いている」という実に奇妙な誤解が広がっていたらしい。ところが、僕の世代ではたぶんパソコンの導入は最も遅いほうだった。本の書き下ろしの仕事が入って覚悟を決めた数年前までは、満寿屋製の四百字詰め原稿用紙にシャープペンシルで原稿を書いていた。実は、いまでも機械仕掛け（パソコン）は苦手なのだ。このパソコンでもう三千枚以上の原稿を書いているのに、いまだにブラインドタッチも出来ないし、一昨年からやっとメールを始めた程度のパソコン・リテラシーでしかない。

大学の文学部に関しても、同様に中途半端な立場だ。十数年前から、大学では文学部がどんどん消えてなくなっている。教員をクビにはしにくいから、現代文化学部とか現代情報文化学部と

か総合文化学部とか日本アジア文化学部とか国際比較文化学部とか、まぁありとあらゆる悪知恵を駆使して、教員組織を温存したまま、いろいろな名称に看板を掛け替えたのである。しかし、はじめは看板の掛け替えでよかったが、やがて看板が実質を持ち始める。そして、次の人事が発生したときには、当然文学関係のポストは削られることになる。こうして、文学部が名実ともに消え始めたのだ。

僕の専門である国文学に関しても、文学理論を振り回す僕は、内側から見ればあたかも改革派に見えるだろう。しかし、国文学という研究ジャンルの機能を重視する僕の姿勢は、外側から見れば保守的に見えるはずだ。ジャンルというのは、想像力と創造力とを働かせる装置であり、文学という文化の記憶を集積させる装置でもある。人のクリエイティブな才能はジャンルという枠組との格闘で鍛えられるものだ。また、氾濫する情報に文学という価値の中心を設けて、必要な情報とそうでない情報とをより分けるのもジャンルの仕事である。もちろん、思わぬ情報が文学を豊かにすることがある。しかし、それもジャンルという枠組があってはじめて生まれる豊かさだ。

そう言うわけで、僕は国文学という研究ジャンルを中心としながら、現代思想を踏まえた文学理論によってそこから外へ出る運動を仕掛け、その時に生まれる軋轢からエネルギーを受け取りながら研究という仕事をしてきた。国文学という研究ジャンルの内に留まってはいないが、かと言って外に出てしまうのでもない、そういう中途半端なポジションが僕の研究を支えてきたのである。だから、文学部や国文学科の消滅には異を唱えたいのだ。

こういう僕の中途半端な姿勢は、大学の学期制度にたいしても同じような立場を取らせた。

「不良」になって帰ってきた学生たち

文部科学省の「助言」もあったのだろうが、一時期「半期科目制度」（セメスター制）が流行ったことがある。すべての科目を半期にした大学もある。しかし、多くの大学では通年科目と半期科目が混在しているのが現状である。これでは時間割が組みにくいし、学生にとっても前期だけとか後期だけとかの時間ができてしまって、効率が悪いこと甚だしい。そこで、グローバル化の時代には留学がしやすいようにと、再びじわじわとセメスター制が広がりつつある。

実は、僕はこのセメスター制が嫌いなのだ。

学習するプロセスも到達点もはっきりしている理科系の学部ではそれでもいいかもしれないが、文学系の学部ではどうもうまく機能しないのである。理由は、学生の「成長」を組み込まなければ目標に到達できないことにあるようだ。僕は研究上は「テクスト派」などと呼ばれて、「作者」という人間には触れない論じかたを中心としてきた。しかし、学生の人間としての「成長」は気になる。研究者の立場と教師の立場は違うのだ。

半期科目では実質三ヶ月程の授業だから、学生の「成長」を見届けることができない。それでは淋しいし、そもそも文学の読みが上達しない。それこそ、技術だけを習得することになってしまう。だから、僕は通年科目を支持する。講義科目でも、半期では短すぎる場合がある。ましてや、演習やゼミともなれば通年科目が絶対条件だろう。学生の「成長」を組み込めないセメスター制という新しい制度に、僕の感性がどうしてもついていけないのだ。

では、学生はいつ「成長」するのだろうか。それは、夏休みである。前期の授業で力不足を自覚した学生の中には、夏休みにクソ勉強する者が出てくる。後期には見違えるほど力が付いている。そして、生意気になっている。あるいは、みごとに消化不良に陥っている場合もある。それを、徐々に一つの方向へまとめ上げていくのが後期の授業の課題なのだ。

クソ勉強をしなかった学生は、たいてい失恋して帰ってくる。そして、小説が前よりも深く読めるようになって帰ってくる。つまり、人の悲しみが身に染みてわかるようになる。だから、文学の授業には「一夏の経験」が是非必要なのだ。夏の学生は「不良」にならなければいけない。

後期の授業は、もう一〇月も近くなってからはじまる。五時限目が終わると、外はもう薄暗い。やがて秋が深まって、紅葉が始まる。木々も冬支度となる。一〇月の終わりから一一月の始めにかけて、四大学運動大会（成城、成蹊、学習院、武蔵という旧制の七年制高等学校から新制大学となった四大学合同の運動会）や文化祭などの行事が間に入ることもあって、後期はことに時の経つのが早く感じられる。冬休みで授業が分断されることも後期を短く感じさせる大きな理由の一つだ。このやや慌ただしいお祭りの時期に、学生は「一夏の経験」を自分のものにする。そういう時間が、文学には必要なのだ。

成城大学の門前には百メートルほどの銀杏並木がまっすぐに走っている。金色に輝く銀杏の葉ほど、秋を感じさせるものはない。銀杏並木が金色に輝く秋が、成城大学の学生たちの「一夏」の傷を癒し、また彼らを育んできたのである。

交換留学生

前期には、フランスのストラスブール大学からの交換留学生が、僕の演習に出席していた。将来日本語を教えたいというわりには頼りなくて、『三四郎』がきちんと読めないから発表もできないと言う。それなのに、夏休みが終わったら帰国すると言う。仕方がないから、感想文を書かせて「平常点」で半期分の単位を出しておいた。

我ながら、デタラメな話である。しかしこうした外国人留学生にも単位を出しておかないと、交換留学生制度において圧倒的に立場の弱い成城大学の学生を、先方が交換留学生として引き受けてくれなくなってしまうのである。留学制度の充実が志望校決定の理由の一つに挙げられることも少なくないから、交換留学生制度維持のために、成城大学では先方の交換留学生に年に百万円近い奨学金を出してまで、受け入れなければならなかった。ヨーロッパの大学は学費がタダのところが少なくないから、これはまぁしかたのないことだった。

ところが、そうまでして拡大と維持を図った交換留学生制度の利用者が、成城大学側で年々少なくなっていったのである。そのため、それほど多くはない交換留学生枠を余すようになってきていた。理由は、三つあるのではないかと思っている。

一つは、学力低下である。交換留学生とは言っても、どんなレベルでも受け入れてくれるわけではない。ある程度の英語力が受け入れの条件となる。その条件をクリアーできる学生が減ってきたのだ。二つは、家計の問題である。成城大学を受験する層が「お金持ち」ではなくなって、ごくふつうの層になってきたのである。彼らには留学する金銭的な余裕がないので、交換留学生制度の利用者は、比較的裕福な成城学園高校の出身者に偏る傾向が見え始めていた。三つは、チャレンジ精神の衰退である。これも、成城大学の学生のメンタリティーを考えると、残念な気がする。

さて、例のフランス人留学生である。

実は「フランスからの留学生はレベルが低いかも」という噂は、あちこちで聞いていた。たとえば、アメリカからの留学生の方がフランス流の現代思想にずっと詳しいと言うのだ。ほんとかしらと思って、ある時僕の授業に出席していた留学生に聞いてみた。


「ロラン・バルトは読みましたか？」

「いえ、名前も聞いたことがありません。」

「では、ミシェル・フーコーはどうですか？」

「名前だけは聞いたことがあります。」

「ピエール・ブルデューは？」

「それなら、少し読んだことがあります。」


こんなレベルである。これらコレージュ・ド・フランスの思想家たちは、フランスという国にとってはあくまでも輸出用の現代思想家であって、フランス国内での評価はあまり高くないという話も聞いたことはあるが、それにしてもひどいものである。この話をフランスで日本文学を教えている研究者にしたら、「残念なことに、それがいまのフランスの大学のレベルです」と悲しそうに言った。

でも傍でこれを聞いていた日本人の研究者には、「石原さんの発音が悪くて、聞き取れなかったんじゃないの」と言われてしまった。ロラン・バルトはフランス語では「ホハン・バット」みたいな感じの発音だから、あるいはそうかもしれない。ただし付け加えておくと、僕の大学時代の第二外国語（いまとなっては、懐かしい制度だ）はフランス語で、フランス語の「R」の発音には自信があるのだ。

夏休みのレポート

夏休みのレポートは、僕の自宅に郵送するように言っておいた。ところが、これがすごいことになるのだ。多くの学生は、郵便制度自体を利用したことがほとんどないらしいことがわかる。

差出人の住所も名前も書いてないのがある。

「これじゃぁ、僕の住所が間違っていたときに、郵便物が君のところに戻らないよ。それに、差出人のない郵便物は「白い粉」でも入っていると思われて、そのまま処分されても文句は言えないんだよ。」

差出人の住所氏名が書いてあっても、封筒の表だったり、封筒の裏でも右側だったりすることがある。

「差出人の住所氏名は、封筒の裏の左下の方に書くものだよ。」

僕の住所を鉛筆で書く学生もいる。こすって見せて、こう言う。

「ほら、鉛筆はこすれて消えちゃうでしょう。ボールペンなど、こすれても消えない筆記用具で書くものだよ。雨で濡れると滲むから、サインペンもよくないね。」

一筆もなく、レポートだけがポンと入れてあるものも少なくない。

「あのね、僕は人間なんだよ。添削する機械じゃないんだから、何か一筆書くのが常識でしょう。僕だって、たとえば出版社にゲラを送り返すときは、必ず一筆書くよ。僕が何も書かずにブツだけを送りつけるときは、その出版社に敵意を持っているときに限られるね。僕は性格が悪いから実際にそうするときもあるけど、君たちはそんな品のないことはしちゃいけないよ。」

宛先が「様」となっているのには少し迷うが、こう言うことにしている。

「「様」では、その辺を歩いてる通行人に手紙を出したって「様」でしょ。高いお金を払ってまで教えてもらおうというんだから、一応「先生」の方がいいと思うな。」

中には、こういうことがすべてできている上に、レポートをビニールの袋に入れている学生もいる。

「見てごらん。こうすれば、封筒が雨で濡れてもレポートは濡れなくて済むでしょう。ここまでちゃんと気が回るのは、たぶん伊藤典子君が高貴な身分だからだと思うなぁ。」

最後は笑って聞いているが、次からはほとんどの学生が言ったことを守って、きちんとした郵便物を送ってくる。もっとも、いきなり「この夏、私は彼の奴隷でした」なんて始まる手紙が入っていると、ちょっと困ってしまう。「何か一筆書きなさい」っていうのは、そういう意味じゃないんだけど。

少しは大学生らしくなったかな

二年生の夏休みを過ぎると、それまで手書きだった学生もしだいにパソコンを使い始める。僕は、自分自身のパソコン・リテラシーの低さを棚に上げてと言うか、自分がパソコン・リテラシーが低くて苦労しているからこそと言うか、学生にはできるだけ早い時期にパソコンを導入するように勧める。これからの時代、どんな仕事に就くにもパソコンができないでは済まされないのだからと言って。

それに、パソコンで書く学生には「再提出」の指示を出しやすい。そして、パソコンを使う学生の方が、文章に何度も手を入れることができるせいか、文章の上達が早い傾向がある。いろいろ聞いてみると、どうやらこれは多くの大学教員に共通する見方のようだ。

夏休み前は手書きで、レポートの最後に「えぐい」なんて書いていた下田大助も、ついにパソコンで書き始めた。きっと何度も何度も書き直しながらレポートを完成させたのだろう、ずいぶんよくなっていた。そう言えば、下田大助は前期の間は「大学生」になれなくて、つまり、大学生の文章も書けないし、大学生の発想法も身に付いていなくて、何度か相談に来ていた。こういう風に悩んで相談に来る学生は根性もあるし、自分がいまはできないという自覚もあるので、うまくアドバイスができれば伸びるものだ。

下田大助には、国文学科の研究室でアドバイスをすることが多かった。そうしたら、学科事務の女性職員が「下田君は、もっと呼び出して下さい」と言う。彼が何か悪いことでもしたのかと思って理由を聞いたら、「私の好みなんです」だと。こら!

下田大助のように何をどうしたらいいか途方に暮れて相談に来る学生には、二通りのアドバイスの仕方がある。

一つ目は、アメリカの文学理論家ロバート・スコールズが提案している方法で、その時読んでいる小説と同じような構造を持った別の小説を論じた論文を読むように勧めるやり方である。たとえば、谷崎潤一郎の『痴人の愛』の語りの構造を分析しようとしている学生には、同じように一人称小説の語りの構造を論じた小森陽一の『坊っちゃん』論や『こゝろ』論を読んでみるようにアドバイスするのである。これは効き目が早い。しかし一方で、応用範囲が限られるという欠点もある。たしかにその時は真似をすることで上手くいくのだが、ほかの小説になるとまた一から出直しということになりかねないのだ。これは、何度かこういうことを経験してわかってきたことだ。

二つ目は、誰でもいいから、自分の気に入った研究者の文体から発想法まで、一度徹底的に真似をしてみたらどうかとアドバイスするやり方だ。これには、時間がかかる。まず「気に入った研究者」を探し出さなければならない。次に、その発想法をいま読んでいる小説に合わせて作り替えながら真似なければならない。だから根気もいるし、応用力も求められる。しかし、このやり方は身に付けるのに苦労する分、長く効く。その研究者の影響下から抜け出した頃には、自分の文体と発想法が自然に出来上がっている。

そう言うわけで、その学生の資質と悩みの度合いにもよるが、前期の早い時期なら前者のアドバイス、前期も終わりに近く夏休みがもうすぐという時期なら後者のアドバイスが有効だ。僕が教育上「夏休み」が必要だと言うのも、こういう理由による。

下田大助には後者のアドバイスをした。根性もあるし、夏休みも近かったからである。下田大助は、どうやら夏休み中に僕の本を読んでみたらしい。こそばゆい感じがあるが、とにかく文章が見違えるようによくなったのだから、僕の本でも何かいい影響を与えたのだろう。下田大助のレポートを読んでみよう。

里見美禰子のささやかな抵抗

下田　大助

はじめに

『三四郎』という小説は、ある一つの読みに収斂されることのない小説だと思う。そのことに対して、ニヒリズムを気取るか、ポジティブに構えるかは、各々の問題である。僕なら、後者を選ぶ。

石原千秋は、『大学受験のための小説講義』の中でこんなことを言っている。

これまで、僕の「読み」の仕事はどこかトリッキーという印象を与えがちだったらしく、多くの批判にさらされてきた。そういう批判には、「テクストの可能性」という言葉で答えるのが常だったけれども、「テストパイロット」という言葉を使うことで、テクストへの関わり方と言うか、研究者としての姿勢がくっきりと見えてきた気がするのだ（1）。

僕も、このレポートで「テストパイロット」的な読みを実践してみようと思う。もしかしたら、僕にとってはトリッキーな読みも、他の人にとっては平凡な読みとなってしまうかもしれない。そのあたりの主観、客観の問題を今問うことはしない。それは、少しずつ埋めていくしかないからだ。

さて、このレポートでは里見美禰子を中心に論じた。美禰子が当時の社会状況の中でどのような想いを抱いて生きていたかを分析することで、三四郎や野々宮に対する態度が明らかになると考えたからだ。また、『三四郎』ではよく論じられがちな美禰子の恋の対象は？　というテーマからも離れるかたちとなった。理由は後述することになる。

I　当時の社会状況

作中の時代は「日露戦争以後」（一）の明治四十年前後となっている。戦争のため物価が高騰し、人々は、とりわけ女性は経済的に圧迫される。それは、汽車の中で会った女の発言から窺える（2）。

然し夫の仕送りが途切れて、仕方なしに親の里へ帰るのだから心配だ。（一）

また、「轢死《れきし》」（三）した女も「夫を失うことによる経済的な行きづまり」（3）が原因であると小森陽一は指摘する。

このように、女性が経済的に無能力となる根底には、明治の新民法が働いていたと言えよう（4）。新民法における男女の不平等の一部を概観する。

法治国家に生まれ変わった日本において、国民生活に最も身近な明治民法が、女性の地位を経済的に無能力と規定したり、婚姻により夫の姓を義務づけたりしたものだった。法治国家らしく裁判離婚が創設されたとはいえ、離婚法は女性を当然のように不利に扱った。これらは、人々に女性を男性より一段低いものとみてよいという証文を与えたと同じ効果を与えた（5）。

近代化を迫られていたにもかかわらず、新民法はむしろ封建的なものとなった。

Ⅱ　里見美禰子という人物

このような時代に美禰子は生きている。そんな美禰子を与次郎は「イブセンの女の様」（六）だと評する。そして、三四郎に次のようなことを言う。

「いないと自ら欺いているのだ。――どんな社会だって陥欠のない社会はあるまい」

「それは無いだろう」

「無いとすれば、その中に生息している動物は何処かに不足を感じる訳だ。イプセンの人物は、現代社会制度の陥欠を尤も明かに感じたものだ。吾々も追々ああ成って来る」(六)

つまり、美禰子は「現代社会制度の陥欠を尤も明かに感じ」(六)ているのだ。もっとも、それは与次郎が言うように美禰子に限ったことではない。しかし、新民法に代表される男女不平等を考えると男性より女性の方が、その中でも、兄に頼るよし子より自立的な美禰子の方が、より「現代社会制度の陥欠を」(六)強く感じていたにちがいない。

先に美禰子は自立的と述べたが、だからといって完全に自立しているわけではない。たしかに、「女らしく甘えた歩き方をしな」(五)かったり、「御捕《おつか》まりなさい」(五)と言っても「いえ大丈夫」(五)と言って三四郎の手を借りない美禰子は、自立的ではある。しかし、やはりこの時点では兄の里見恭助に美禰子は守られているといえる。

この時代女性が完全に自立して生きていくことは大変難しい。それは、「御貰をしない乞食」(五)のようなものなのである。

Ⅲ　三四郎と野々宮、美禰子の誘惑の意味

『三四郎』という小説が「本郷文化圏」の人々、つまり選ばれた人間たちによる物語であることを忘れてはならない(6)。当時の底辺層の声は、『三四郎』では背景化されている。

「本郷文化圏」の中でも、男性と女性とでは大きな違いがある。高等学校で英語を教える広田先生や理科大学で研究をしている野々宮、佐々木与次郎や小川三四郎においては東京帝国大学の学生であり、累々たる屍を踏み越えた歴戦の勇士である彼らは、将来を約束されている。

一方、よし子や美禰子においては、性別がたまたま女であるという理由で男よりも劣った存在として、「家」に仕える子産みの道具となる（7）。その中でも、何かにつけて兄に甘えるよし子よりも、なるべく自分の足で立とうとする美禰子にとっては、よりつらい現実である。

実際、美禰子が他の男よりも劣っているかというと、そんなことはない。愚鈍な三四郎とのコントラストは鮮明である。原口も次のようなことを述べている。

　里見恭助と来たら、まるで片無しだからね。どう云うものかしらん。妹はあんなに器用だのに。（七）

このように、美禰子の才は決して周りの男達に劣るものではなく、同等かむしろそれ以上であることは容易に読みとれる。

本郷文化圏の男達は、社会の変化を望まない。社会が変化したら、今の安泰なポジションから引きずり下ろされるからだ。その意味で、彼らは根本的には保守派イデオロギーの持ち主だといえる。そのなかでも、「田舎」出身者はその色が強い（8）。三四郎の反応が、それを照射する。例えばこんな場面がある。

「亡びるね」と云った。——熊本でこんなことを口に出せば、すぐ擲《な》ぐられる。わるくすると国賊取扱《とりあつかい》にされる。三四郎は頭の中の何処の隅にもこう云う思想を入れる余裕はない様な空気の裡《うち》で生長した。（一）

他にもこんな場面がある。

ただ腹の中で、これしきの女の言う事を、明瞭に批評し得ないのは、男児として腑甲斐ない事だと、いたく赤面した。（五）

美禰子からお金を借りる場面も引用する。

三四郎は生れてから今日に至るまで、人に金を借りた経験のない男である。その上貸すと云う当人が娘である。（八）

このように、三四郎は明らかに女性蔑視の保守的なイデオロギーの持ち主だと言える。

では、次に三四郎と同郷人だと考えられる野々宮宗八について見ていくことにする(9)。野々宮はよく妹のことを馬鹿だという。しかし、三章の前半においては事情が少し異なる。三章の前半、つまり三四郎が野々宮の家を訪れ、一泊する段階で、三四郎はよし子のことを知らない。厳密に言うと、三四郎はよし子のことを美禰子であると勝手に考えている。

野々宮君の駆付け方が遅い様な気がする。そうして妹がこの間見た女の様な気がして堪らない。(三)

ここで大事なことは、野々宮がよし子を馬鹿だと言うことを通して、実は美禰子のことを馬鹿だと言っていることである。このことは作中の登場人物にはわからない。語り手が読者にだけ与えた特権的な位置なのである(10)。

次に、菊人形見物の場面を引用する。

「そうすると安全で地面の上に立っているのが一番好い事になりますね。何だかつまらない様だ」

野々宮さんは返事を已《や》めて、広田先生の方を向いたが、

「女には詩人が多いですね」と笑いながら云った。すると広田先生が、

「男子の弊は却って純粋の詩人になり切れない所にあるだろう」と妙な挨拶をした。（五）

美禰子が何かを主張したとしても、まともに向き合わない野々宮の姿勢が見てとれる。また、「女には詩人が多いですね」（五）という表現には侮蔑の意味が読みとれる。最後の広田先生の言葉には、行きすぎた野々宮を押しとどめる効果がある。

三四郎ほど露骨ではないが、これらの場面から野々宮が三四郎同様女性蔑視の強固なイデオロギーの持ち主であることが透けて見える。

そういえば、野々宮は「藁葺」（九）屋根の家に住んだり、「封建時代の孟宗藪」（三）の近くに住んだりしている。これは、野々宮が保守的な家制度のイデオロギーを持つ人物であることのメタファーとして読める。

さて、美禰子の瞳にはそんな男達がどのように映っていたのであろうか。たまたま男として生まれたからという理由で、超然と女の上に立つ男。しかも自分よりも愚鈍な相手。美禰子が有能であればあるだけ悔しさは募る。

美禰子は、男性の上に決して立つことはできないのだろうか。三四郎の三つの世界で考えてみる。第一の世界である故郷は、美禰子にはない。第二の学問の世界はどうだろうか。当時女学校はたしかにあったが、「良妻賢母」の教育が行われており、学問の世界が開かれているとはいえない（11）。残るは第三の恋愛の世界だけで、まさにこの世界においてのみ美禰子は男性と対等に向き合えるのである。

美禰子に残された場は、恋愛の世界であった。この場においてのみ美禰子は男と対等でいられる。そして、この場で美禰子の復讐が始まる。

Ⅳ　虚しい勝利

「本郷文化圏」の男の中で、美禰子が特に嫌っているのは三四郎と野々宮であることを先に述べた。したがって、美禰子の復讐がこの二人に向けられたことは言うまでもない。三四郎は、彼女の思惑通り美禰子を愛した。そして苦しんだ。そのことは、『三四郎』を読めばわかる。野々宮の方はどうだろう。例えばこんな場面を引用する。


「ああ、私忘れていた。美禰子さんの御言伝《おことづて》があってよ」

「そうか」

「嬉しいでしょう。嬉しくなくって？」

野々宮さんは痒い様な顔をした。そうして、三四郎の方を向いた。

「僕の妹は馬鹿ですね」と云った。（九）

この他にも、野々宮は美禰子にリボンを贈ったりしている。最終章では、たまたまポケットから出てきた招待状をただ捨てるのではなく、「引き千切って床の上に棄て」ている。

野々宮の傷心の深さが遠くこだまする。

『三四郎』では、基本的に小川三四郎に焦点化されているので、野々宮の内面はわからない。外的焦点化を手がかりに推測するしかない。しかし、たしかに野々宮も美禰子に恋をして、破れたと読める。美禰子の復讐は成功したのである。

そして、「森の女」は成功の記念として描かれた。絵の女のポーズと初めて三四郎と会ったときの女のポーズは一緒である。


「その前って、何時頃からですか」

「あの服装《なり》で分るでしょう」

三四郎は突然として、始めて池の周囲《まわり》で美禰子に逢った暑い昔を思い出した。

「そら、あなた、椎の木の下に蹲《しゃ》がんでいらしったじゃありませんか」

「あなたは団扇《うちわ》を翳《かざ》して、高い所に立っていた」

「あの画の通りでしょう」(十)

初めて美禰子が三四郎と会った時、三四郎は自分より低い位置にしゃがんで座っていた。つまり、三四郎の向こうに男を想定するなら、男が自分よりも低い位置でひれ伏しているという構図なのである。美禰子がそのポーズを選んだのは、三四郎と初めて出会ったからではなく、その構図が気に入ったからである。事実、最終章の展覧会で「森の女」(十二)

を鑑賞するのは、当事者の美禰子を抜かしてすべて男である。そこによし子の姿はない。あの絵は男に対してだけ有効だからである。

美禰子の復讐は成功したが、それは虚しい勝利であった。ただいたずらに三四郎と野々宮を傷つけたにすぎない。彼らを傷つけても美禰子の人生が開かれるわけではないのである。美禰子は三四郎に「われは我が愆《とが》を知る。我が罪は常に我が前にあり」(十二)と言って謝り、その罪を償うため自分が最も嫌いな男の下に嫁ぐ。

夫は細君の手柄だと聞いてさも嬉しそうである。三人のうちで一番鄭重な礼を述べたのは夫である。(十三)

自分が誉められたわけでもないのになぜこの夫は「一番鄭重な礼を述べ」(十三)たのか。このことは、夫が妻を自分の持ち物と考えていることを浮き立たせる。それは、逆に美禰子の悲しみを照らし出す。美禰子の将来は、暗い。

注 (1) 石原千秋『大学受験のための小説講義』ちくま新書、二〇〇二年。
(2) 小森陽一『漱石を読みなおす』ちくま新書、一九九五年。
(3) 同前
(4) もろさわようこ『おんなの歴史』上・下 未来社刊、一九七〇年。

(5) 篠塚英子『女性と家族』読売新聞社、一九九五年。
(6) 一柳廣孝「『三四郎』の東京帝国大学」(『漱石研究』第2号、一九九四・五)
(7) 中山和子「『三四郎』―『商売結婚』と新しい女たち―」(『漱石研究』第2号、一九九四・五)
(8) 石原千秋、近代国文学演習I、二〇〇二年、講義内容から。
(9) 一柳、前掲。
(10) 石原千秋、近代国文学演習I、二〇〇二年、講義内容から。
(11) 篠塚、前掲書。

参考文献　千種・キムラ・スティーブン「『三四郎』論の前提」『日本文学研究資料叢書　夏目漱石Ⅲ』有精堂、一九八五年。

当時の女性の社会的地位の低さを確認し、それを当然のことのように受け入れている三四郎と野々宮に対して、他の男との突然の結婚で、美禰子は彼らに「復讐」したと言うのだ。こういう読み方は研究上まったくないわけではないが、下田大助が授業を参考にしながら、何とか自分の力で読み込んだものだろう。大学も卒業論文ともなればオリジナリティーとかプライオリティーといったものが求められるが、二年生の演習なのだからまだそういう段階ではない。これで、十分だ。僕は七五点を付けて、次のようなコメントを付した。

ずいぶんよくなりました。文章もかなりシッカリ書けるようになりました。四ページあたり（三章の真ん中あたりのこと——注）は少し間延びしているが——。恋の世界でしか男と対等に付き合うことができない美爾子の内面をもっと書き込んでいればよかった。

最後はないものねだりのコメントだが、まぁ何とか大学生の文章が書けるようになったことを、喜びたいと思った。

学長賞懸賞論文

ちょっと一休み。

成城大学には、学生の向学心を伸ばそうという趣旨で、二〇年以上前から「学長賞懸賞論文」というものが設けられていた。その所管がなぜか教務部で、委員会を構成して選考をしなければならなかった。当然、選考委員長は教務部長となる。

教務部長になって二年目のことである。奨励賞を受賞した学生が、学長賞懸賞論文のあり方に異議があると言って、教務部を訪ねてきた。はじめに職員が窓口で対応したときにはサングラスのままだったという話だったが、翌日僕が部長室で対応したときにはさすがにそれを外した。成城大学には珍しく少し尖った学生で、所属するマスコミュニケーション学科でも「有名人」の一人だったと言う。僕はこういう学生は嫌いではない。

「学長賞懸賞論文は、学生の向学心を涵養《かんよう》するために設けられていると思うんですが。」

「その通りだよ。」

「だとしたら、いくつか不満があります。まず、せっかく設けられているのに、受賞の発表の扱いがあまりにも小さくありませんか。それから、いまは学長賞受賞作しか講評が付きませんが、学生はみんな一生懸命書いているのですから、評価を聞きたいものです。一部の作品だけ講評が付くのはやる気をなくさせます。最後に、審査員が誰かが明らかにされないのは秘密主義のようで感じが悪いです。公正な審査をするのなら、審査員の名前は事前に明らかにすべきではありませんか。」

「なるほど、もっともな意見だね。じゃあ、来年からこうしよう。発表はもう少し大々的にやろう。それから、審査委員長の僕が全部の作品を読んで、全体の講評を書こう。その上で、学長賞受賞作はいまのように個別に講評を載せることにしたい。最後の問題だけども、こういう小さい大学だから事前に審査員を発表してしまうと学生からのアプローチがないとも限らない。それが心配なんだ。でも、事後的になら審査員を公表することは問題ないから、受賞作品とその講評を印刷した冊子に審査員の名前を載せるようにしよう。それで、どうだい。」

「わかりました。そうして下さい。今日は、成城大学に入学してから、はじめて誠実な回答をもらいました。」

ずいぶん、大学に不満を抱えている学生らしかった。それでも学長賞懸賞論文に応募してきて、入賞したのだ。大学に期待するところはあるものの、能力を持て余している感じだった。実は、この学生には僕が早稲田大学に移ってから、通学路で声をかけられたことがある。

「先生！　覚えていますか？　僕は、成城で学長賞懸賞論文に注文を付けた学生です。」

「ああ、君か。よく覚えてるさ。次の年から君の言ったとおりに変えたんだよ。苦労して講評も書いたんだから、言いっぱなしじゃなくて、ちゃんと確認しに来てくれなくっちゃ。でも、どうしてここにいるの？」

「はい、いま早稲田の社会科学部の大学院生なんです。」

「へえ、そうなのか。大学院は、楽しい？」

「はい。勉強してます。あの時は、失礼しました。先生が早稲田に移られたのは知っていたんで、一言ご挨拶がしたいと思っていたんです。」

「そうか。それは嬉しいな。」

「これでもうお会いすることもないと思いますが、失礼します。」

もうあの時の不満の塊のような角が取れてしまって、元気な明るい大学院生になっていた。ちょっと淋しい気もしたけれど、進学して何かが吹っ切れたのだと思うことにした。

危険な賭け

この時期に、竹井麻由香が「三四郎の視力」というユニークなレポートを書いて、実力を見せつけた。美禰子を捉えようとする三四郎の手から、いかにして美禰子がすり抜けていくのかを、「固有名」や「交換」というキーワードを使って論じていた。もう少し詳しくまとめると、美禰子は「里見美禰子」という固有名を与えられているにもかかわらず、男たちによってその固有性を剝ぎ取られ、「交換」可能な「女」という類として捉えられてしまいそうになる。そういう男たちの暴力的な捉え方から美禰子がすり抜けていく話として、『三四郎』を読んだのである。それが、たとえばこんな文体で書かれている。

三四郎が女の意味を探り当てようとした途端、「女」は「美禰子」へと身を翻し、すっと遠のいてしまう。美禰子が三四郎に接近するときは、必ず三四郎の焦点が定まらず、彼女の言葉を取替のきかないものとして反復する身振りをみせるときである。

一読して、論の枠組が小森陽一の『三四郎』論の強い影響下にあることがわかった。「固有名」というキーワードは柄谷行人仕込みで、文体はまるで蓮實重彥である。最近の大学生は、柄谷行人も蓮實重彥も知らないことが多いことを考えれば(フランスからの留学生を笑ってはいられないのだ)、大変な勉強ぶりだと言える。しかし、竹井麻由香の才能と実力を認めながらも、ここまで文体が蓮實重彥に似ていると伸び悩むのではないかと危惧した僕は、ちょっとした賭けに出た。九〇点を付けた上で、こういうコメントを書いたのである。

全体として文体が蓮實風だが、それはそれでいいとして、大変面白い。ただ、いくつかある分析要因が徹底されていない。たとえば、せっかく登場人物の呼ばれ方に注目したのだから、それだけで二〇枚書いてもよかった。あるいは、「交換」のされ方に共通する構造が発見できるのなら、それを中心に論じてほしかった。このままだと批評になってしまって、研究から遠くなってしまうだろう。

参考文献
出口顯『名前のアルケオロジー』(紀伊國屋書店)
ジュネット『物語のディスクール』(水声社)

研究と批評がどう違うのかという問題は難しい。繰り返しになるが、改めて確認しておこう。僕は単純化して、こう説明することが多い。すなわち、固有名詞で語るのが批評で、方法で語るのが研究だ、と。したがって、批評と研究とでは当然のことながら文の構造が異なる。批評は「私は~と思う」という構造の文で語ることができる。しかし、研究は「~は~である」という構造の文で語らなければならない。たとえば、批評は「私は、美禰子は野々宮から逃げたのだと思う」と言っていい。しかし、研究は「美禰子は野々宮から逃げたのである」と言わなければならないのだ。

もちろん厳密に言えば、研究も「私は「〜は〜である」と思う」という構造の文となっているのだが、ふつう傍線部は隠されていて、書かれない。そして、この傍線部を隠すために、研究は大変な苦労をするのである。「私は、美禰子は野々宮から逃げたのだと思う」と言うことは簡単だが、「美禰子は野々宮から逃げたのである」と証拠を挙げてキチンと言うことは至難の業なのである。

この説明の仕方が極論であることはよく承知している。しかし、ジャンルとしての基本構造はこの説明でまちがっていないと思う。また、批評はそんな生やさしいものではないことも事実だろう。実は僕自身、ある編集者からこう言われたことがある。

「先生、批評家になりませんか。国文学者なんて、文章も下手だし、ダサイじゃないですか。」

この編集者の言葉は、ジャーナリズムでの批評家と国文学者との評価の差を如実に現している。ジャーナリズムの世界では、国文学者が一番文章が下手で、一番締め切りを守らず、その上根拠のない傲慢さを備えている存在なのである。しかも、いまは「売れない」という属性まで備わった。それは当たっていると思う。まさに、僕がそうだ。だから、僕には批評家としてやっていく自信はとうてい持てなかった。批評家が固有名詞で語れるのは、実は才能の裏付けがあるからだ。批評家は、なろうと思ったらなれるというものではない。逆に言えば、研究の語り口なら、僕のように才能がなくてもやっていける。と言うことは、まだプロではない学生にも向いている。

それでわかった

僕は、竹井麻由香を研究の方に誘導しようとしたのである。しかし、竹井麻由香の関心を引いたのはそういうことではなかった。

「私の文体は蓮實重彥に似てますか?」

「ああ、そのくらいはすぐわかるよ。」

「そうなんですか……。」

竹井麻由香は教室を出ていくと、どこかに携帯で電話をし始めた。

「ねぇ、私の文体やっぱり蓮實重彥に似てるのわかるって。」

こう話す声が小さく聞こえてきた。

その日の帰り道で、偶然竹井麻由香と一緒になった。どこか引っ込み思案にも、斜に構えているようにも見える彼女から、珍しく気さくな感じで話しかけてきた。

「先生の中学受験の本読みましたよ。」

「そう。大学生にしては珍しいね。」

「私が中学受験したときのことを思い出しました。」

「そう、君は私立中学だったんだ。」

「ええ、桜蔭中学だったんです。」

「エッ、そうなの。」


桜蔭というのは、東京にある私立の中高一貫校の中でも「東大に最も近い女子校」と呼ばれる、女子の最難関校なのだ。実際、毎年コンスタントに七〇名から八〇名ぐらいの東大合格者を出している。東大現役合格率から言えば、開成や筑波大学附属駒場といった名門の男子校を含めてもたぶんトップだろう。そのくらいものすごい女子校なのだ。だから、そこの出身者が成城大学に進学してくることはまずあり得ない話なのである。


「入学してすぐ自分に合わないのがわかって、中退したんです。」

「そうだったのか。そうだよなぁ、桜蔭が君に合うはずないよ。どうして女子学院にしなかったの?」

「みんなにそう言われるんです。」

「やっぱな。あそこならもっと自由だから、君にも校風が合っただろうに。」

「そうなんです。桜蔭は右翼の学校ですよ。」

「それは知らないけど、君に合わないだろうなということだけは僕にもわかるよ。ところでさ、どうして成城大学に来たの？」

「私の彼氏が東大の小森ゼミにいて、成城大学の石原先生のところがいいんじゃないって勧めたから。」

「そっか。」

「私はレポートを返却されるときは、もうドキドキして心臓が潰れそうになるんです。」

「君は力が安定してるから、そんなに緊張する必要ないのに。」


これでわかった。毎晩のように飲んだくれている無頼派の竹井麻由香に、受験勉強第一の桜蔭が合わないのは当たり前の話だ。進学する先をまちがえたのである。しかし、「東大の彼氏」の存在が、彼女のプライドがまだ癒されていないことをよく物語っている。文体が蓮實重彦に似ていると言われてすぐに電話をしたのも、東大の彼氏のケータイにである。どこかで「東大」とつながっていたいのだろう。返却時の「ドキドキ」も、同じ理由によるのだろう。彼女の抜群の才能と実力の源も、彼女のレポートのキーワードの出所もこれでわかった。

そうとなれば、僕のアドバイスは明らかに失敗していた。やはり、竹井麻由香の才能には触れてはいけなかったのだ。それは、彼女のレゾン・デートルだったからである。竹井麻由香は、そのことをそれとなく僕に知らせたかったのだろう。僕は前に、入学時にすでに文体が完成してしまっている大学生は意外にも大学では苦しむことが多いと書いた。しかし、これは平均的なレベルでの話だ。竹井麻由香のような高いレベルで文体が完成している場合には、何も大学でそれを作り直す必要はないのだ。

生物学者の池田清彦が、面白いことを言っている。一九世紀までは科学はまだ「天才」の営みだったが、国民国家が成立してからは、科学は一握りの「天才」でどうにかなるものではなくなって、大学という組織の中に囲い込まれたのだ、と。つまり、科学は「天才」の営みではなくなって、「大学」という「凡人」の集団の営みになったのである。ところが、人文系のジャンルではいまでも時々「天才」が現れるようだ。そういう人には「大学」は必要がないだろう。もしかしたら、竹井麻由香はそれに近い学生だったのかもしれない。彼女にはそもそも「大学」は必要ないのだ。

どうやら、僕は賭けに負けたようだ。しかも、完敗である。あとは、竹井麻由香が僕のアドバイスを無視することを祈ることだけが、僕にできることだった。

第八章　学生たちの『三四郎』

「お約束」の世界

後期にはいると、発表の水準も一定のレベルを保つようになってきた。また、『三四郎』の読み方にも一定の方向性が見えてきた。一つの教室がこうなるまでに、半年はかかるのである。繰り返すが、だから演習はセメスター制では困るのだ。

もっとも、後期に入ってから発表のレベルが一定になったのは、学生が学習した成果だとも言えるし、学生が持っていた様々な可能性を刈り込んでしまった結果だとも言えるだろう。教育には、そういうところがあることは認めなければならないだろう。その結果、学生のレベルがそろってくるのだが、これは演習としては、実は「中だるみ」が始まる徴候でもある。大学生としての発想法を学んだと言えば聞こえがいいが、すでに教室で共有された枠組に沿って、その延長線上で自分の発表を組み立てればよいと学生が考え始めたら、それは「中だるみ」の時期に入った証拠だと言っていい。

以前、同じ世田谷区にある短期大学に勤めていた頃、こんな発表に出くわしたことがある。谷崎潤一郎の『痴人の愛』を読む演習で、「主人公のナオミがかくかくしかじかの行動をとるから、彼女の血液型はB型である」というのが、結論なのだ。学生は大真面目である。僕は途方に暮れてしまった。その時は「なぜナオミがかくかくしかじかの行動をとるのかを考えてみたらどうかな」という凡庸なアドバイスをするのがやっとだった。しかし、どうしてこの学生の発表を僕が「突拍子もない」と感じたのかについて考えはじめると、簡単には結論が出なかった。

発想法を学ぶということは、要するに文学を読む「お約束」を学ぶことだと言っていい。しかし、その「お約束」がまったく通じない世界ならば、「ナオミの血液型はB型である」という結論もアリだろう。あるいは「血液型研究同好会」といった世界ならば、むしろこういう結論でなければならないだろう。では、なにが文学を読む「お約束」なのかと言えば、作中人物の「内面」を読めばよいということに一応はなりそうである。たとえば、入試国語で小説を読む場合には、だいたいにおいて「内面」が問われるものだ。先に書いた僕の『痴人の愛』に関するアドバイスも、その線に沿ったものだと言っていい。

しかし、現在大学で小説を読むときには、ことはそれほど単純ではない。様々な方法が（つまり様々な「お約束」が）だいたい一五年サイクルぐらいで移り変わっていく。つまり、ほぼ一五年サイクルでパラダイム・チェンジが起きているということだ。結局、大学ではその時々に優勢なパラダイムで小説を読み、それを小説を研究する発想法として学ぶことになる。だから、大学を出て一〇年もすると、昔学んだことがもう古いということになるのである。

これは研究が深まっていると言うよりも、横滑り的に移り変わっていると言った方がいい。つまりは流行である。こういう傾向に対して、僕は別に批判的ではない。それはそれでいいと思う。

なぜなら、一五年おきぐらいにパラダイム・チェンジが起きるからこそ、小説が新しく読み直され、文学それ自体の捉え方も更新されるからだ。そしてシニカルに言えば、一五年おきぐらいにパラダイム・チェンジが起きるからこそ、研究者の世代交代が進むからだ。

ただ、一五年周期の流行のせいで、たとえば一九八〇年代にせっかく構造主義が流行ったのに、有名な作品の構造分析が一通り済んだところで流行が去ってしまって、構造主義が最も威力を発揮するはずの「通俗小説」の分析にまで進まなかったというような残念な事態が起きやすいことはたしかである。

たぶん、「通俗小説」にはその時代の意識と無意識がみごとに反映されている。だから、できるだけ多くの「通俗小説」を構造分析して（「構造分析」とは、異なったテクストから共通した性質を取り出すところから始まる）、ある「時代」の特性を浮かび上がらせることは、大変優れた「文化研究」になったはずなのである。しかし、それには膨大な量の「通俗小説」を分析しなければならない。そういうシンドイ作業を行う研究者がいなかったのだ。

だから、僕は思う。時代を追うのもいいが、仮に時代遅れと言われても、せっかく流行った流行のモードを愚直に徹底させて、その可能性を限界まで引き出す人がもう少しいてもいいのではないか、と。

その中で、「実証」研究だけは古くならないと思っている人がいる。たしかに古くはなりにくいかもしれないが、「実証」研究だって「お約束」の世界でしか成立しないことに気づいていないようだ。これも八七ページですでに述べたことの繰り返しになるが、改めて確認しておこう。

たとえば、ある作家の書簡に自分の小説の意図が書いてあったとする。その書簡が新たに「発見」されたものだったりしたら、その書簡の記述を根拠に「作者の意図」が証明されたとされるに違いない。しかし、これも「お約束」の世界の出来事なのだ。厳密にいえば、「発見」されたのはモノとしての書簡にすぎず、「作者の意図」ではないからである。

どう言うことかというと、仮にその書簡に「この小説はかくかくしかじかの意図で書いた」と書いてあったとしても、それが嘘でないという保証はどこにもないからである。書簡に書いてある「作者の意図」は書簡に書いてある「作者の意図」以上でも以下でもない。それを「真実」の「作者の意図」として扱おうというのは、あくまで「書簡に書いてあれば真実として扱おう」という「お約束」の世界の出来事にすぎないのだ。それが「実証」ということの実態である。

誤解のないように付け加えておくと、僕は「実証」が無意味だとか、成立し得ないとか言っているのではない。ある「お約束」の中でなら有効だが、その「お約束」を認めない立場に対しては有効でないと言っているにすぎない。それにもかかわらず、モノを用いれば「実証」したことになると無邪気に信じるのは、四九ページで「雪」のイメージについて書いたように、これも「実体化の誤り」に陥っていると言うべきである。

さらに言えば、このように「実証」が「お約束」にすぎないからこそ、それを学ぶことができるのだ。ところが、それが身に付いたときには、それが「お約束」であったことが忘れられる。そして、研究が硬直し、保守化する。研究上のパラダイム・チェンジは、この「お約束」を「お約束」として自覚させ、「お約束」の変更を迫るものでなければならない。だから、僕は研究上の流行を決して批判的には見ないのである。

授業で「中だるみ」の時期を乗り越えるにも、その教室での読みの方向性が「お約束」にすぎないことを自覚させる必要がある。それを、誰がやるかが問題なのだ。

時代背景と恋

『三四郎』は学校小説でもあるから、明治四〇年代の学校制度について理解しておかないと、三四郎という人物の「天然ボケ」ぶりが読めないことになってしまう。そこで、伊藤典子が改めて当時の学制について調べ、その情報を教室で共有することになった。その結果、三四郎が現在のように二人に一人が大学に進学するような大衆化された大学の学生ではなく、約二五〇人に一人の割合でしか大学に進学できない時代の超エリートであることが、学生たちにも具体的にわかってきた。また、『三四郎』の時代には、東京帝国大学文科大学(いまの文学部である)の卒業生の多くは中学校の教員になっていたことなどもわかってきた。

ある段階でこういう情報をきちんと整理しておかないと、当時の大学が九月始まりだったことや、男子にしか開放されていなかったことなどがわからないまま『三四郎』を読んでしまうのである。なにしろ、明治、大正、昭和、平成という近代以降の元号さえあやふやな学生たちなのだから。ふつうの人が『三四郎』を読むときにはそれでいいかもしれないが、仮にも国文学科の学生がそれでは困る。

発表も後半に入った。

三四郎が美禰子から借金をし、展覧会で野々宮をめぐってちょっとした行き違いを演じる八章は、中井貴子が担当した。ここは、三四郎と美禰子がはじめて出会った池の端の場面のバリエーションで、美禰子が野々宮の気を引くためにまたしても三四郎にちょっかいを出すところなのだ。今度はさすがの三四郎もそれに気づいて、不機嫌になる。しかし、中井貴子は別の所に目を付けた。

明治民法を調べて、当時の家族制度においては女性には遺産相続の権利がないにもかかわらず、里見美禰子が自分の通帳を持っている（つまり、どうやら例外的に遺産を相続しているらしい）ことに注目し、里見家の中での美禰子の自立度の高さを指摘した。そして、だからこそ美禰子が三四郎に貸したお金には美禰子個人の気持ちが込められているのだと論じた。なかなかの、手際である。授業用のレジュメの一部を、紹介しておこう。

2・お金

① それ自体の意味

お金は紙やコイン自体にはなんの価値もない。その紙やコインで必需品や欲しい物と交換することによって価値がわかる。たとえば、こんな具合だ。

お菓子
ドリンク
ルーズリーフ
肩たたき
100円

そして、お金は流通し物と交換できるという意味で価値あるものとなるのである。すなわち、シニフィエ（記号内容）なきシニフィアン（記号表現）なのである。

100円
お菓子
ドリンク
ルーズリーフ
肩たたき

② そこに隠された美禰子の思い

①で述べたように、お金自体にはなんの価値もないが、美禰子が三四郎にお金を貸した意味を考えていくと、美禰子が貸したお金には美禰子の気持ちがシニフィエ（記号内容）として含まれていたのではないか。

三四郎はお金を貸してくれる行為を自分への好意だと思い込み、美禰子への期待を膨らませて会いに行くのだが、そんな三四郎とは裏腹に美禰子の思いは違う方向に向いていたのではないか。

応接間で二、三会話をした後、美禰子は空を眺める。これと同じような行動は、三四郎と美禰子が広田先生の新居で遇った時に「私先刻《さつき》からあの白い雲を見ておりますの」（四）と言う場面や、菊人形を見に行ったが心持が悪くなり、三四郎と小川に沿って歩き、草の上に座って休んだ時、「美禰子の視線は遠くの向う」（五）にあり、「向うは広い畠で、畠の先が森で森の上が空」（五）であった。その空の様子を見て、「空の色が濁りました」（五）と言う場面に見られた。

空を見るのは、野々宮のことを思っているときにする行動なのではないかと思う。なぜなら、菊人形を見に行く前に美禰子と野々宮が話している話の内容が空中飛行器という空に関係のあるものだし、光線の圧力を研究している野々宮は夜望遠鏡から実験装置を覗くので、光を発する月や星を連想させる。それらは空につながるものであり、野々宮が関連しているからである。よって、三四郎と話していたにもかかわらず、美禰子は野々宮のことを考えていたのではないかと思う。

では、なぜ美禰子はここで野々宮のことを思っていたのか。それは美禰子の気持ちが記号内容として含まれているお金に関係があるのではないか。兄からの生活費の残りを貯めたお金と考えても、母からの直接の遺産と考えても、結局は親から継いだ遺産なので、無駄なことには使わず大切なことに使うために大事にとっておくと思う。すると、美禰子が持っていたお金は野々宮との結婚のために使おうとしていたのではないか。

③　三四郎に貸した意味

そんな美禰子の思いをよそに野々宮はといえば、研究熱心でプロポーズもしてくれない。一軒家も引き払い、下宿暮らしに戻ってしまった。そんな彼のことは諦めてしまおうと考えをめぐらしていたが中々決心がつかない。そんな時に与次郎が美禰子の家に来て、三四郎がお金をなくしたから貸してやってくれないかと言った。しかし、与次郎の性格をよく知っていた美禰子は彼に使いを頼むのは無用心だから貸してほしい本人に渡す、と親の残してくれた結婚資金を貸す決心をしたのではないか。そう考えると、美禰子の行動は次のように考えることができる。

応接間で美禰子を待っていた三四郎の耳に「ヴァイオリンの音」(八)が入ってきた。しかし、「それが何処からか、風が持って来て捨てて行った様に、すぐ消えてしまった」(八)。三四郎が部屋を観察しているとヴァイオリンがまた鳴り、「今度は高い音《ね》と低い音が二三度急に続いて響いた」(八)という練習とも思えないこの出鱈目なヴァイオリンの音。それは美禰子の心境を表したものではないだろうか。野々宮のことは諦めようと思う気持ちを風が持って来て捨てるというように表現される。野々宮のことを諦めようとするが、まだ諦めきれないような気持ちがどこかであり、それが高い音と低い音とに表現されているのではないか。

そして、三四郎を見て、「とうとういらしった」(八)という彼女の言葉に三四郎は嬉しく思ったが、美禰子にとって三四郎が来たということは、野々宮との結婚のためにとっておいたお金を貸すということであり、その結婚を諦める、もしくは引き延ばすということなのである。よって、美禰子にとってはとうとう決心の時がきたという気持ちがこめられていたのではないか。さらに、「光線は厚い窓掛に遮られて、充分に這入らない」(八)という記述は光線の圧力の研究をしている野々宮のことを光線にたとえ、もう美禰子の心の内には入ることの出来ない、そんな関係を示しているかのようである。しかし、三四郎がお金を「借りないでも好い」（八）と言うと、美禰子は急に冷淡になる。せっかく野々宮との結婚は諦めようと決心したのにそれを拒否されて、つい三四郎に冷たくしてしまったのではないか。

美禰子の野々宮への思いと、まだどこかで諦めきれないという二つの思い。揺らぎつつも、決心した直後に展覧会で野々宮に遭遇することになる。そこで美禰子は必死に自分に言い聞かせる。あなたにはもう振り回されないわと言わんばかりに三四郎との仲を見せつけるのであった。


「そうか、女心はこういうものか」と、中井貴子に「女心」を教わるような気分である。論の枠組としてはこれに似た先行文献もあるが、それは参考にしておらず、岩井克人『貨幣論』（筑摩書房、一九九三）だけを頼りに、ここまで考えたのである。

ただ、中井貴子のレジュメには「したがって」と書くべきところが「よって」となっていたので、なるべく「したがって」の方を使うように言っておいた。文学研究は数学とは違う。与えられた条件が同じでも、答えが違ってくる場合はいくらでもある。だから、数学の「証明」に使うような「よって」は文学研究には似つかわしくないのだ。研究者の論文でもたまに「よって」を見かけるが、僕は違和感を感じる。「この人、文学研究のいかがわしさがわかっていないんじゃないかなぁ」と思ってしまうのだ。

九章の担当は、山村由美。広田先生を大学教授に仕立て上げようと、与次郎が上野の精養軒で食事会を開く展開である。その食事会にでてくる「自然派」と「浪漫派」という言葉に、絵画の側面からアプローチした。その結果、野々宮がなぜ美禰子と結婚に至らないのかが、見えてきた。野々宮は「研究」熱心なあまり、美禰子を置いてきぼりにしていたのだ。それが、美禰子には不満だったのである。これは、当時の女性としては「我」が強いということになりそうだ。良妻賢母型ではないという結論である。

美禰子が画家の原口のモデルになっているアトリエに三四郎が出向いて、帰り道でついに美禰子への思いを口にする一〇章は、聴講生（モグリ）の深井裕が担当した。美禰子の思いが野々宮にあるのか三四郎にあるのかといった、お決まりのテーマに引きずられてしまった。美禰子には、野々宮との恋に終わりを告げるときが来たと言うのだ。これは、この教室ですでに共有されている読み方だ。この時期の発表としては、レベルが低いことは否めなかった。

三四郎が広田先生から「夢の少女」の話を聞かされる一一章は、下田大助の担当。テクストの細部から、『三四郎』も冬を迎えたこの時期になると、「天然ボケ」だった三四郎が「成長」し始めていることを指摘した。これは、当たっている。三四郎には、ようやく美禰子と野々宮と自分との関係も見え始めているのである。美禰子と野々宮の関係がこじれはじめた頃にちょうど三四郎が現れて、事態をこんがらがせてしまったわけだ。三四郎は美禰子の迷いを、自分への恋と勘違いしてしまうのだ。夏休みの終わり頃に上京した三四郎も、ここまで自分を取り巻く世界が見え始めたのである。
下田大助の発表のもう一つの眼目は、「広田先生」を相対化して見せたことである。以下に、そのサワリの部分を紹介してみよう。

広田先生という人間

先のつながりでこんな場面を引用する。

通りへ出ると、殆んど学生ばかり歩いている。それが、みな同じ方向へ行く。悉く急いで行く。寒い往来は若い男の活気で一杯になる。その中に霜降の外套を着た広田先生の長い影が見えた。この青年の隊伍に紛れ込んだ先生は、歩調に於て既に時代錯誤《アナクロニズム》である。左右前後に比較すると頗る緩慢に見える。(十一)

ここで三四郎は「時代錯誤」という言葉を使っているが、これはもともと広田先生が四章の引っ越し先を探している場面で使っていた言葉である。例によって、三四郎の考えには広田先生の説が遠くこだましている。しかし、事態はそう単純ではなさそうだ。十一章の担当ということもあるので、この場面を詳しく見ていくことにする。

まず第一の問題点は、三四郎が小集団の要である広田先生を相対化してしまったこと。(3)

第二の問題点は、三四郎が広田先生を相対化したときの言葉がもともと広田先生の言葉であったこと。言い換えれば、広田先生は自分の発した言葉によって逆に自分を相対化してしまったということ。

第一の問題点から見ていく。

広田先生が小集団の中心的存在であることは、例えば登場人物の中で唯一人だけ「先生」という敬称が名前の後にくることからもわかるし、三四郎が悩んだときに話を聞きに行くのが広田先生のところであることからもわかる。(4) また、主要登場人物が全員集合する場所も広田先生のところであった。しかし、集団の中心的絶対的ポジションに位置する広田先生は、結局その構成員である三四郎や与次郎によって相対的ポジションに引きずり下ろされる。どうしてだろうか。

ここで『三四郎』という小説の設定が、「東京帝国大学」を中心とする超高学歴社会であることを思い出してほしい。その中において、広田先生は所詮高等学校の語学の教師にすぎないのだ。与次郎が広田先生を東京帝国大学の講師にするため一生懸命運動するのもそのためであろう。つまり、広田先生は本郷文化圏においては周縁的存在なのである。(5) そこに、三四郎や与次郎が広田先生を相対化する理由がある。

次に第二の問題点を見ていく。

三四郎というフィルターを通して、読者にだけ暴露された第二の問題点は、広田先生の発した言葉によって逆に広田先生自身が相対化されてしまったことである。「時代錯誤」

と叫びながら実は自分自身が「時代錯誤」であったという逆説。このことから、周りのことばかり批評して肝心の自分のことがよく見えていない、自己認識能力に欠けた広田先生の姿があぶり出される。

いかに「一流の論理」を振りかざしても、自分の立場をわきまえない人間の言うことに説得力はない。「論文を書」いても「ちっとも反響がない」のは当然である。

広田先生は小集団の要として君臨しているが、その地位は常に安泰とは限らない。つまり、広田先生は絶対的なリーダーではなく、取り替え可能なリーダーなのである。そこに、『三四郎』における広田先生の悲しい役回りがある。

注（3）佐藤泉「『三四郎』語りうることのあかるみのうちに」『漱石研究』第二号、一九九四・五。

（4）石原千秋、質問時にて、二〇〇二年一二月一九日。

（5）同右。

「広田先生」は地の文でも「先生」と呼ばれているように、『三四郎』の中では絶対的な存在に近い。その「広田先生」が三四郎たちが成長することで相対化される。しかし、彼が相対化されるのは、「広田先生」自身にも原因があるというのだ。発表において「広田先生」を相対化することができたのは、それまで小説をたった一つの枠組からしか読めなかった下田大助が（つまり、「広田先生」に寄り添う形でしか読めなかった下田大助が）、他の枠組からも読むことができるようになったからだろう。そこには、おそらく彼自身の「成長」が組み込まれていると思った。この一年間を振り返ってみると、「成長率」ということで言えば、下田大助が一番伸びたのではないだろうか。

一二章は『三四郎』のクライマックスである。ハムレットの上演を見た三四郎が、教会から出てきた美禰子に会い、美禰子の口からついに「別れの言葉」を聞く。これは僕の一番好きな場面で、担当は例の竹井麻由香。はっきり言って、彼女のスタイルは口頭発表向きではない。文章で書いたものと同じになってしまうのである。竹井麻由香は、三四郎に残された絵の意味について考えていた。

3、詩と絵画

三四郎と美禰子に破局が訪れる直前の十一章で、三四郎は唐突に広田先生の口から彼が「生涯にたった一遍逢った女に、突然夢の中で再会したと云う小説染みた御話」を聞く。二十年ぶりに夢の中で再会した女は、当時のまま全く姿を変えていなかったという。

次に僕が、あなたはどうして、そう変らずにいるのかと聞くと、この顔の年、この服《な》装《り》の月、この髪の日が一番好きだから、こうしていると云う。それは何時の事かと聞くと、二十年前、あなたに御目にかかった時だという。それなら僕は何故こう年を取ったんだろうと、自分で不思議がると、女が、あなたは、その時よりも、もっと美しい方へ方へと御移りなさりたがるからだと教えてくれた。その時僕が女に、あなたは画だと云うと、女が僕に、あなたは詩だと云った（十一章）

この告白には、美禰子との別れを暗示させる効果もあるのだろうが、それにしても「その時僕が女に、あなたは画だと云うと、女が僕に、あなたは詩だと云った」とはいったいどういうことなのか。

『草枕』の中で画工が思案し、『ラオコオン』に言及する場面がある。

　鉛筆を置いて考えた。こんな抽象的な興趣を画にしようとするのが、抑《そもそ》もの間違である。人間にそう変りはないから、多くの人のうちには屹度《きっと》自分と同じ感興に触れたものがあって、この感興を何等の手段かで、永久化せんと試みたに相違ない。試みたとすればその手段は何だろう。（注1）

レッシングは、こう述べている。

並存する対象、あるいはその諸部分が並存するところの対象は物体と呼ばれる。したがって、目に見える諸性質をそなえた物体こそ絵画本来の対象である。
継起する対象、あるいはその諸部分が継起するところの対象は一般に行為と呼ばれる。したがって行為こそは、文学本来の対象である。
しかしあらゆる物体は、単に空間の中にのみ存在するのではなくて、また時間の中にも存在する。物体は持続する。そして、その持続のあらゆる瞬間においてちがった姿をあらわしたり、ちがった結びつきを見せたりすることができる。こうした瞬間的な姿や結びつきの一つ一つは、先行する行為の結果であり、継続する行為の原因となることができる。したがって、いわばある一つの行為の中心となることができる。(中略)
絵画は、その共存的な構図においては、行為のただ一つの瞬間しか利用することができない。したがって、先行するものと後続するものとが最も明白となるところの、最も含蓄ある瞬間を選ばなくてはならない。(注2)

この「最も含蓄ある瞬間」が池の端での最初の出会いのシーンであり、美禰子によってその瞬間が選択されているということは言うまでもない。「移り易い美しさを、移さずに据えて置く手段」として自らを絵画の中に閉じ込める決意をした美禰子は、はじめて三四郎とささやきあった瞬間にすでに画帖を開いていたのだ。

三四郎は詩の本をひねくり出した。美禰子は大きな画帖《がじよう》を膝の上に開いた。（四章）

二人の間に流れていた霧のような濁った時間は、彼らのささやきと、特殊な借金によって長い間宙を漂っていたのだが、美禰子がその手に三十円を受け取ってしまった途端、絵画に閉じ込められた一瞬（＝永遠）の夢の中に流れ始めている。

注（1）夏目漱石『草枕』新潮文庫、一九五〇年。
（2）レッシング『ラオコオン』岩波文庫、一九七〇年。

詩的な文章で、読むのにはいいが、これを耳で聴いて意味を把握するのは辛いところがある。最後の一三章の担当は遠山優。繰り返すが、『三四郎』の隠された物語は美禰子と野々宮との別れだった。三四郎は「お邪魔虫」だったようなところがある。しかし、美禰子は自分に恋していると勘違いしていた三四郎には、美禰子の方が変化しているように見えてしまう。もっと言えば、三四郎から見れば、美禰子が三四郎を裏切ったように見えてしまう。それを、美禰子と野々宮との関係から捉え返して論じれば、『三四郎』の演習は終わりを迎えることになる。

つまり、『三四郎』の演習は、主人公三四郎をどこまで突き放してみることができるかに掛かっていると言える。それは、それまで「主人公」にしか感情移入してこなかった学生にとっては、新しい「体験」だ。そういう「体験」を通して、彼らは小説の読める「大学生」になるのである。

新学部騒動の余波

演習が終わりを迎える頃、学園側から給与の引き下げが通告された。本俸が二パーセントほど引き下げられたのである。僕は上手いやり方ではないなと思った。どうしても引き下げるなら、ボーナスでやってもらいたかった。本俸を引き下げれば、それがたとえ少額であっても、退職金や年金にまで影響が及ぶことになるからだ。しかし、多くの教職員は「今度は仕方がない」と観念したように、静かに受け入れた。

「今度は」というのは、二年前にもう先のない短期大学を四年制の新学部に作り替えようとしたときに、学園側から出された「ボーナス〇・五ヶ月分を、向こう五年間削減する」という案に成城学園全体から猛反発が出て、ついに新学部構想自体がおじゃんになった事件を言っている。その時構想されていたのは「社会情報学部」という、世間ではすでに手垢にまみれた新学部だったから、努力された方には酷な言い方かもしれないが、いまとなっては潰れてよかったと思う。

ただし、そのことで大学全体の人間関係に修復不可能な軋みが生じてしまったのが痛かった。前にも書いたように、成城学園全体の借金の額などたかがしれていたし、経営上危ないなどということはまったくなかった。しかし、たぶん成城大学が創立してからはじめて経験した「大事件」で、特に当事者だった教員間の人間関係がずたずたにされてしまったのだ。成城学園が保っていた温かい人間関係が壊れてしまった。経営上の不安よりも、むしろそのことに嫌気がさして、決して少なくない数の優秀な教員が成城大学を去った。また、成城大学草創期から成城大学を支えてきた教員が次々と定年を迎える時期と重なってしまったのも、不幸なことだった。古き良き時代の成城大学が一気に失われたような淋しさがあった。

二〇〇五年になって、成城大学は「社会イノベーション学部」という、日本ではじめてというまったく新しい学部を作った。多くの新任人事も行われて、新しい力も迎えたのだろう。しかし、成城大学は学生の気質が大学としてのアイデンティティを作り出し、それを保っている大学である。新学部よりも、新しい教員スタッフよりも、学生たちの気質が、またもとの古き良き成城大学を取り戻す力になるに違いない。なによりも、学生の声に耳を傾けるべき時だ。

元気な女子学生

僕が子供の頃、こういうことが言われていた。「中学までは女の子の方が成績が上だが、高校に進学すると伸び悩む」と。これは、大学の進学実績を言ったものだろう。それが、僕が高校生になる頃にはこうなっていた。「高校までは女子の方が成績が上だが、大学に入ってからは伸び悩む」と。これは、就職状況を言ったものだろう。僕自身は、男子は女子を呼び捨てにし、女子は男子に「君」を付けて呼ぶような小学生時代を過ごしたから、こういう言い方に特に違和感を感じなかった。恥ずかしい話だ。

しかし、それが本当に恥ずかしいことだと思い知らされたのは、世田谷にある小さな短期大学に就職してからだった。ちょうどバブルが始まった頃である。僕は男も女も四年制の大学に進学するのがふつうで、短期大学に進学するのは単純に「偏差値」の問題だと思っていた。実際、戦後の第二次ベビーブーム世代が受験期を迎えていたその頃には、四年制の大学が全滅だったからその短期大学に進学してきた学生も少なくなかった。しかし、そうではない学生も少なくはないことを知るようになったのだ。ある学生は、僕にこう話した。

「私は本当は四年制大学に行きたかったんです。でも、父が女の子に高等教育は必要ないと言って、大学進学を許してくれなかったんです。高卒で就職しろって言うんです。でもどうしても大学に行きたかったから父に必死に頼んで、それで母が間に入って父を説得してくれて、短大ならということで許して貰えたんです。」

また、別の学生はこう言った。

「大学院まで出た先生には私たちの気持ちはわからないと思いますけど、国文学科に入った以上、私たちだって文章に関わる仕事をしたいんです。」

こうした話を聞いた時、僕には言うべき言葉がなかった。自覚していなかった自分の傲慢さに、ガツンと鉄槌を食らわされた感じがした。そして、すべてを悟った。僕は学生に教育されたのだった。学生から世の中について教わったのだった。よく、僕に話してくれたと思う。いまでも、彼女たちへの感謝の気持ちは少しも薄れない。

「女の子」が「高校に進学すると伸び悩む」のは、その頃大半の「女の子」に大学進学の希望が持てなかったからだった。そして、「女子」が「大学に入ってからは伸び悩む」のは、その頃大半の「女子」に「男子」と同様の就職が用意されていなかったからだった。実際、男女雇用機会均等法以後、大学でも女子学生の成績が目立ってよくなったのを感じる。いまでは、大学で成績上位者の多くを女子学生が占めるのは常識となった。

たとえば、成城大学。もともと、成城大学は女性に人気のある大学だ。大雑把に言って、経済学部で三割、文芸学部で七割、法学部で五割の学生が女子だった。大学全体で五割が女子学生である。おそまきながら、在学中の成績優秀者に奨学金を支給することになった。そうしたら、全学で二六人の内、二〇人以上が女子学生だった。これほど極端でなくとも、こういう傾向はどこの大学でも同じだろう。

ところが、成城大学では創立以来女性教員の「部長」は一人もいなかったし、職員では、僕が辞める頃にようやく女性の「課長」が出始めていたくらいである。女性に人気のある成城大学は、こうした傾向についてもっと戦略的に考える必要があると思う。これは心の中で思っていただけではなく、『成城教育』という学園発行の雑誌に提言として書いたこともある。

こういうことは、世界中どこでも同じようなものなのだろうか。ある時、日本文学を研究するために北欧の大学の大学院から留学してきた、数名の女子大学院生と話をする機会があった。全員が日本の女性作家の研究をしているという。そこで、思い切って聞いてみた。

「北欧の女性も、不幸なんですか?」
「はい、そうなんです。」

僕には、深く納得するところがあった。

もっとも、女子であることで得をすることもある。関西のある私立大学は、AO入試においては女子の受験生の方が有利であるという調査結果を公表している。理由までは書いていなかったが、僕にはわかる気がする。面接した教員の多くが男性だからだろう。女子の受験生がAO入試で有利なのは、実は男性に有利な大学業界の歪みの一端かもしれないのだ。

いまは、「就職したら、女性は伸びない」などという声さえもう小さくなってきた。有能な女性はどんどん社会に出るだろう。その時、有能でない男性、あるいは自分が有能でないと感じる男性は、男性であるという理由だけでそれまで得ていた仕事や地位を失うことになるだろう。では、行き場所を失った彼らはどうすればいいのか。たとえば「ひきこもり」という形で、それが「社会問題化」する傾向は十分現れているようだ。

この本の課題ではないが、「少子化対策」として、こうした元気な女性の社会進出を促し、子育てをしながら働ける仕組みを作るというのはずいぶん分気の長い話だ。実のところ、女性の専業主婦志向は低くなっておらず、結婚した女性の生む子供の数もそれ程減ってはいない以上、ダメな奴でも何でも男の収入を増やし、男の雇用を安定させて、女性が安心して専業主婦になれる環境を作る方が効き目が早いことははっきりしている。児童手当をバラまく程度でごまかされる女性がいるはずがない。仮に「少子化対策」だけを考えるならこういう結論になるだろう。しかし、こんな「男性優遇」で後ろ向きの「少子化対策」に国民的コンセンサスが得られるはずはない。僕だって「ダメな奴」が高給を取っているのを見るのは気分が悪い。そして、こんなに元気な女性たちが社会で働く姿を見られないのは残念だ。そういうわけで、婚外子が極端に少ない日本の場合、有効な「少子化対策」は、たぶんないだろう。気の毒な「少子化対策」担当大臣！

最後のレポート

年も改まって、いよいよ最後のレポートを提出する時期になった。早稲田大学に移ることが決まった僕は、非常勤講師として、成城大学であと一年だけゼミを持つ。その僕のプレ・ゼミに進むことを決めている学生は、全員レポートを提出した。そのほかでも、英文学科の中田麻里は六〇枚の力作で、九〇点を付けた。芸術学科の伊藤典子はやはり力作で、八〇点を付けた。他学科からわざわざ厳しい僕の演習を取る学生は、みんな根性がある。

三年生の長島健次も、四年生の木崎英雄も最後まで頑張ってついてきた。特に長島健次は、はじめて最後まで僕の授業についてきたのだ。彼は、これでようやく名実ともに成城大学の一員になったと言ってもいい。僕も、ホッとして心からそれを喜んだ。ただし、二年生はあと一年しか僕のゼミ生（正確には「プレ・ゼミ生」と言うべきだろうか）ではいられない。四年生の時は別の非常勤の教員のゼミ生になることになる。しかし、それでも十分やっていける基礎力はついたと確信できた。

最後に、二人の学生のレポートを紹介しておこう。

はじめは、沢村果林。中井貴子と親友のようで、いつも一緒にいた。格好はそれなりに派手な方だが、性格は地味で、無口だ。公務員になりたいと言っていた。沢村果林は才能に恵まれていたが、レポートの出来に少しむらがあった。竹井麻由香のように力ずくでテクストをねじ伏せるのではなく、詩的な文体でテクストをやさしく包むような読み方が、彼女の持ち味だった。彼女の柔らかな手触りを感じながら、読んで下さい。

三四郎と美禰子──三四郎が見落としたもの──

沢村　果林

近代国文学演習Iの授業における石原教授の講義によって、三四郎と美禰子との出会いの場面において、美禰子の三四郎を挑発する行為は実は野々宮に向けられたものであり、間接的に三四郎を挑発していたとはいえ、美禰子が実際に挑発したかったのは野々宮であったことが確認された。このことから、美禰子は三四郎と野々宮との間を揺れ動くストレイシープなのではなく、最初から野々宮側にいたのであり、したがって三四郎が美禰子の愛を得る可能性は最初から低いものであったことがうかがえる。

しかし三四郎は美禰子を愛していた。

三四郎は笑うのを已《や》めた。

「それで？」

「それだけで沢山じゃないか。――君、あの女を愛しているんだろう」

与次郎は善く知っている。三四郎はふんと云って、又高い月を見た。（九）

また、三四郎が美禰子との結婚を望んだことを表していると思われる記述がある。四章で、三四郎が広田の新居となる家の縁側に座って広田と与次郎が来るのを待っているとき、彼らより早く来た美禰子を見たときの「花は必ず剪《きっ》て、瓶裏《へいり》に眺むべきものである」（四）という記述である。

ここでの「花」は美禰子、「瓶裏」は広田の新居であると思われる。花を剪って瓶裏に眺めるというのは、美禰子を家に閉じ込める行為、つまり結婚を表していると考えられる。しかも広田の新居は、住人である広田も与次郎もまだ到着しておらず家財道具も置かれていない、いわば「所有者がまだ存在しない家」という空間であり、そこには所有者のかわりに三四郎がいた。そのような空間に男女二人が存在したとき、三四郎が「花は必ず剪て、瓶裏に眺むべきものである」（四）と感じたのは、美禰子との結婚願望の表れであったといってよいであろう。

では、なぜ三四郎は美禰子に対する性的欲求ともいえる感情をこのように詩的に表現しているのだろうか。石原千秋は次のように書いている(1)。

日本でも、かつては〈性〉体験をも含めた〈成人〉までのプロセスとして、若者組や娘組等の、その土地に根付いた様々な通過儀礼のシステムがあった。しかし、三四郎は性的なものを含めて、日本的なイニシエーションを故郷ではどうやら経験していないらしい。(中略)それはたぶん、ふつうの若者がそろそろ通過儀礼の組織に加入する頃、三四郎が中学生というエリートとして、そのような世界から離脱して行ったからだろう。

このことから考えてみると、三四郎は広田の新居となる家の庭で美禰子を見たとき、自分の美禰子に対する性的欲求を認識できず、無意識的に美禰子を花に喩えるという詩的な表現をするにとどまったのだと考えられる。

このように、三四郎が美禰子の愛を得られなかったのは、三四郎が美禰子に会ったとき既に美禰子は野々宮を愛していたためと、三四郎が性的体験を含む恋愛経験に疎かったためと思われる。しかし、このことに加えて三四郎が美禰子という人間自体を理解しきれていなかったということも理由の一つとして挙げられるのではないだろうか。

三四郎が初めて美禰子を見たのは大学構内の池の端であり、そのときから美禰子は三四郎にとって特別な存在となっている。その理由は、美禰子が三四郎の好む肌の色、つまり

「薄く餅を焦した様な」(二) 九州色の顔の色だったからである。そして美禰子を見たあとの三四郎は「女の色は、どうしてもあれでなくっては駄目だと断定し」(二) ている。しかし、この二人の出会いの場面において、既に美禰子は九州色との対立色である白を併せ持って登場しているのである。

女の一人(注・美禰子) はまぼしいと見えて、団扇《うちわ》を額の所に翳《かざ》している。(中略) 白い足袋の色も眼についた。(二)

二人の女は三四郎の前を通り過ぎる。若い方(注・美禰子) が今まで嗅いでいた白い花を三四郎の前へ落して行った。(中略) 若い方が後から行く。華やかな色の中に、白い薄《すすき》を染抜いた帯が見える。頭にも真白な薔薇を一つ挿している。その薔薇が椎の木蔭の下の、黒い髪の中で際立って光っていた。(中略) 三四郎は女の落して行った花を拾った。そうして嗅いでみた。けれども別段の香《におい》もなかった。三四郎はこの花を池の中へ投げ込んだ。(二)

この小説は三四郎の眼を通して書かれているが、九州色の肌をもつ美禰子が身に付けているもの、手に持っているものは白のものしか描き出されておらず、白が強調されているといってもよいくらいである。そして美禰子が通り過ぎた直後三四郎は「矛盾」を感じている。ここで三四郎が感じた矛盾とは、美禰子が九州色との対立色である白を併せ持っているにもかかわらず、自分が美禰子に強く惹かれていることに対して感じたのではないかと思われる。しかし、三四郎には何が矛盾しているのか分からなかった。なぜなら、美禰子が白い色のものをいくつも身に着けていたことや、美禰子が落とした花の白さには気付いていても認識していないからであり、また、「うちへ帰る間」も「大学の池の縁で逢った女の、顔の色ばかり考えてい」(二)て、美禰子が併せ持っていた白い色を既に忘れてしまっているからである。

美禰子が併せ持つ色である白は、その後三四郎に強い印象を与えるものへと形を変えて出てきている。

女(注・美禰子)はやがて元の通りに向き直った。(中略)同時に奇麗な歯があらわれた。この歯とこの顔色とは三四郎に取って忘るべからざる対照であった。(三)

顔色と対照なのは単に歯というよりはむしろ歯の色とであろう。美禰子の歯はこの後も白と形容されて出てきている。歯は普段は隠れているものである。また、帯や薔薇の花などの取り外しの効くものとは違って、歯は美禰子の身体の一部である。それを時折のぞかせるという美禰子の行動は、三四郎をある一定の距離以上近付けさせないよう抑制する無自覚な「露悪」的行動ととれるかもしれない。しかし、美禰子の歯と顔色との対照に強い印象を受けた三四郎も、美禰子の無自覚な「露悪」的行動に気が付くことまではできず、美禰子の誘いにのって、もしくは自分の意志で美禰子との距離を縮めようとするのである。

歯と同様に三四郎に強い印象を与えたものとして美禰子の眼がある。その美禰子の眼は原口によって次のように表現されている。

それで、僕が何故里見さんの眼を選んだかと云うとね。（中略）いくら日本的でも、西洋画には、ああ細いのは盲目《めくら》を描いた様で見共《みとも》なくって不可ない。と云って、ラファエルの聖母《マドンナ》の様なのは、天でありゃしないし、有ったところが日本人とは云われないから、其所《そこ》で里見さんを煩わす事になったのさ。（十）

原口の言葉から、美禰子の眼は日本と西洋との中間に位置する、いわば日本と西洋とを取り混ぜたものであることがわかる。また美禰子は会堂《チャーチ》へ行っているし（十二）、三四郎が美禰子に金を借りに行った際通された部屋は西洋室であったりと（八）、西洋的側面をもった生活をしていることがうかがえる。しかし、三四郎は「全く耶蘇教に縁のない男」（十二）であるし、美禰子の家にあった蠟燭立も「実は何だか分らない」（八）となっていて、美禰子に関する西洋的な事柄に対して無知であることが分かる。しかも、三四郎はこれらのことに対して追究していくといったことをしていない。三四郎は美禰子の肌の色と歯の対照に強い印象を受けつつもその理由を考えようとはしていないし、三四郎が蠟燭立と思ったものが何だったのかも結局分からないままなのである。また、三四郎は「美禰子の会堂へ行く事は始めて聞いた」（十二）となっているが、美禰子の言うストレイシープという言葉は、三好行雄によると『新約聖書』の言葉であるとなっており[2]、三四郎が美禰子の言ったストレイシープという言葉について追究していれば、美禰子が会堂に行っていたことも予想されたものと思われる。三四郎には、未知なものは未知なものとして放っておく傾向が見られるのである。

三四郎と美禰子の関係について考えるとき、原口の絵である「森の女」も二人の関係に大きく関わっていると言えるだろう。原口の「森の女」は三四郎と美禰子が初めて会ったときから描かれ始めていた（十）とある。三四郎と美禰子が初めて会った場面は次のように書かれている。

三四郎は池の端にしゃがみながら、不図この事件を思い出した。（中略）不図眼を上げると、左手の岡の上に女が二人立っている。（中略）三四郎のしゃがんでいる低い陰から見ると岡の上は大変明るい。（二）

この描写から、出会いの場面において既に三四郎と美禰子とが対等な関係ではなかったことが分かる。美禰子は高い位置にいて三四郎がそれを見上げているのである。原口の絵「森の女」は、そのときの美禰子のポーズを描いたものであり、三四郎と美禰子が出会ってから小説『三四郎』の展開の裏側でずっと描かれ続けていて、「森の女」の完成をもってこの小説は終わっている。このことは、三四郎と美禰子の位置関係が、二人が出会ってから最後までずっと変わらぬものであったことを暗示しているととれる。しかし、三四郎は描かれている美禰子のポーズを見ても、「森の女」の絵が美禰子と出会った時から描かれていたということに、美禰子の指摘を受けるまで気付かなかったのである。

三四郎と美禰子の位置関係が変わらなかったのに対して、美禰子のほうは絵が進行するにつれて変化している。はじめ美禰子は「池の女」と呼ばれている。その後三四郎に名刺を手渡してから「美禰子」と呼ばれるようになった彼女は、三四郎との多くの場面で水と共に登場しつつ、最終的には絵の完成によって「森の女」となっている。池は水の表象であると考えられる。尹相仁はブラム・ダイクストラの言葉として、水について次のように書いている。(3)

一九〇〇年頃の民間伝承において、海は受動的なものであったし、女性は海の被造物であった。まったく曲がりやすく、変幻自在な、しかし最後にはすべてを取り囲み、その徹底した浸透性の内に致死の脅威を感じさせる水。水が女性のシンボルである所以だ。

三四郎にとっての美禰子はまさにこのような存在であっただろう。三四郎に対して誘惑とも取れる様々な謎めいた態度をとり、三四郎の心を射止めた美禰子はまさに池（水）の女だったのである。また、テクスト中にも美禰子が自分から池（水）の女であることをアピールしているととれる場面がある。

「一寸御覧なさい」と美禰子が小さな声で云う。三四郎は及び腰になって、画帖の上へ顔を出した。美禰子の髪《あたま》で香水の匂がする。

画はマーメイドの図である。裸体の女の腰から下が魚になって、魚の胴が、ぐるりと腰を廻って、向う側に尾だけ出ている。女は長い髪を櫛で梳《す》きながら、梳き余ったのを手に受けながら、此方《こっち》を向いている。背景は広い海である。

「人魚《マーメイド》」
「人魚《マーメイド》」

頭を擦り付けた二人は同じ事をささやいた。（四）

ここで、美禰子は「詩の本をひねくり出した」（四）三四郎をわざわざ呼んでマーメイドの絵を見せているのであり、池（水）の女をアピールしていたと考えることができるのである。

ところで、美禰子が三四郎に見せた人魚は櫛を持っていると記述されているが、人魚には誘惑する力があるとされ、人魚の持つ櫛は無情を表すとされている。(4) 無情とは情愛のなさと非情の意であり、ここで美禰子が三四郎に示した人魚とその櫛は、美禰子が三四郎を愛していないことと、愛がないのに三四郎との距離を縮める美禰子の虚偽の非情さを暗示しているると思われるのである。

ここで新たな美禰子の二面性がうかがえる。一つは池、つまり水に示される虚偽をまとった女美禰子であり、そしてもう一つは森に示される女美禰子である。[5] ではこの小説において森はどのような意味をあらわしているのだろうか。原口が描いた絵「森の女」は小説の最後、つまり美禰子の結婚後に出来上がっている。また、森は大地のシンボルであり、[6] 水と対する表象であると考えることができる。このように考えると「森の女」美禰子とは、虚偽のない平凡な女美禰子であるととらえることができるのである。虚偽がないというのは、結婚することによって三四郎との間に越えられぬ壁を置いて、三四郎に美禰子との結婚はないとはっきり分からせているためであり、また、平凡な女であるというのは、近代国文学演習Ⅰの授業中に石原教授によって確認されたように「二十三歳という、既に年増の年齢にさしかかった美禰子」が、社会の俗礼にしたがって野々宮以外の男と急いで結婚することにしたためである。

しかし、池の女であった時はもちろん、虚偽のなくなった平凡な「森の女」となった時も、三四郎にとって美禰子は謎をはらんだ女のままであったと思われる。なぜなら、森が管理、開墾のおよばぬことから、理性や知性の外にあるものをさすように、[6]「森の女」である美禰子も、帝国大学に進んだ当時のエリートである三四郎にとって、[7] 謎ともとれる予想外の結婚をしているからである。

そして、だからこそ三四郎は完成した原口の絵のタイトルとして「森の女」のかわりに「迷羊と繰返し」（十三）ているのだろう。なぜなら、美禰子は結婚を知った三四郎に「われは我が愆《とが》を知る。我が罪は常に我が前にあり」（十二）と言うことで、美禰子の結婚に対して疑問を抱かせているのであり、一度はなくした美禰子の虚偽が、最後になってまた生じているからである。

それでは、なぜ三四郎は原口の絵を「ストレイシープ」といったのであろうか。美禰子が三四郎に「ストレイシープ」と言った後、三四郎の元に美禰子から葉書が送られてきていて次のように描写されている。

（注・三四郎が）下宿へ帰って、湯に入って、好い心持になって上がって見ると、机の上に絵葉書がある。小川を描いて、草をもじゃもじゃ生して、その縁に羊を二匹寐かして、その向う側に大きな男が洋杖《ステツキ》を持って立っている所を写したものである。男の顔が甚だ獰猛に出来ている。全く西洋の絵にある悪魔《デヴイル》を模したもので、念の為め、傍《そば》にちゃんとデヴィルと仮名が振ってある。表は三四郎の宛名の下に、迷える子と小さく書いたばかりである。三四郎は迷える子の何者かをすぐ悟った。のみならず、葉書の裏に、迷える子を二匹書いて、その一匹を暗に自分に見立ててくれたのを甚だ嬉しく思った。迷える子のなかには、美禰子のみではない、自分ももとより這入っていたのである。それが美禰子の思わくであったと見える。美禰子の使った stray sheep《ストレイシープ》 の意味がこれで漸く

判然《はっきり》した。（六）

ここで注意したいのは、三四郎は自分がストレイシープの仲間入りをしていることにばかり気をとられていて、デヴィルの存在についてまるで気にしていないということである。したがって、この葉書から三四郎が「判然」させたストレイシープの意味とは、おそらく菊人形を見に行った一行から故意にはぐれた者として、三四郎が美禰子の仲間入りをさせてもらったといったぐらいの意味であったのではないだろうか。そのように考えると、海老井英次が書いているように(8)、小説を通して「変化・成長が認められない」三四郎が小説最後で原口の絵に対してストレイシープと繰り返していたのは、結婚することによって美禰子が今までの広田、野々宮、与次郎、よし子、原口、そして三四郎のグループの中から故意に抜け出たということを意味していたのではないかと推測されるのである。

では、実際に美禰子があの葉書にこめた意味とはなんだったのであろうか。それを解く鍵は葉書の中の悪魔にあるのではないだろうか。実はこの悪魔は実在する悪魔であったといえる。三四郎と美禰子が菊人形の一行から離れた後、草の上に坐っている二人を「憎悪の色」（五）をもって睨んだ男がそれである。その男は「年輩から云うと広田先生位な男」（五）であって、いわば「偽善家」（七）時代の人間であり、古い考え方の人間であると推測できる。

ところで、三四郎が美禰子と二人で往来を歩いたとき、三四郎は美禰子に対して次のように感じている。

それから（注・美禰子は）家庭にいて、普通の女性《にょしょう》以上の自由を有して、万事意の如く振舞うに違ない。こうして、誰の許諾も経ずに、自分と一所に、往来を歩くのでも分る。（中略）これが田舎であったらさぞ困ることだろう。（中略）東京は田舎と違って、万事が明け放しだから、此方《こちら》の女は、大抵こうなのかも分らないが、遠くから想像してみると、もう少しは旧式の様でもある。（八）

この記述から、この時代女が男と往来を歩くときに誰かの許諾を得ないことは、普通の女性以上の自由を有する行為であったことが分かる。ましてや広田世代の人間から見ればさらに大胆な行為であったことがうかがえる。そうしてみると、男の憎悪の原因はおそらく自由に振舞う新しい女性である美禰子とそれに加担する三四郎にあったと思われるし、その後美禰子が男の家である「唐辛子の干してある家」（五）の傍を通って帰りたがったのは、男に対する反発的態度の表れであると考えることができる。

これらのことから考えてみると、美禰子の意味していたストレイシープとは社会の俗礼から外れた者という意味だったのではないかと思われる。そうしてみると美禰子が送った葉書にストレイシープとして三四郎が描かれていたのは、美禰子が新しい女として振舞うために使われた必要不可欠の装置として描かれていたのであり、それ以上の思い入れは美禰子にはなかったものと思われる。また、そのように考えると小説の最後で三四郎が繰り返しているストレイシープという言葉は、実は美禰子には不適当なものであることが分かる。なぜなら、その時既に結婚している美禰子は既に社会の俗礼から外れたストレイシープではなくなっているからである。したがってその時ストレイシープと呼ばれるべき者は、美禰子なのではなくむしろ美禰子の本質ともいうべき側面を見落とし、美禰子という迷宮に迷い込んだまま帰って来られないでいる三四郎自身なのである。

(1)石原千秋「イニシエーションの街」『反転する漱石』青土社、1997・11。
(2)三好行雄『三四郎』注(二八)新潮社、1948・10。
(3)尹相仁『世紀末と漱石』岩波書店、1994・2。
(4)アト・ド・フリース「mermaid 人魚」『イメージ　シンボル事典』大修館書店、1984・3。
(5)アト・ド・フリース「water 水」前出。
(6)アト・ド・フリース「forest 森」前出。
(7)石原千秋、前出。
(8)海老井英次「『三四郎』論—美禰子・その絵画的造形について」『開化・恋愛・東京』おうふう、2001・3。

このレポートには、僕は八〇点を付けた。

最後に、竹井麻由香のレポートを紹介しておこう。このレポートに僕は九〇点を付けて、「光の話をよく時間の話に変換させることができました。そのお手並みはみごと。ベルグソンが効いています」とだけ書いた。彼女は、みごとに前回の僕のコメントを無視した。この個性と才能は彼女を苦しめるだろう。本当の個性と才能を持った人間は、自分自身の主人ではいられない。むしろ、個性と才能とが彼女の主人なのだ。そのことも、竹井麻由香は十分に知っていると、僕は思った。

成城大学国文学科二年生最後のレポート。そう思って読んで下さい。

濁った空に流れる時間

竹井　麻由香

1、ぼやけた視界

池の傍へ来てしゃがんでいた三四郎が不図眼を上げると立っていた女に、ある恐ろしさを感じながらも惹かれていく三四郎の物語は、この小説の冒頭の「うとうととして眼が覚めると女は何時の間にか、隣の爺さんと話を始めている」という一行からすでに、遅れて目覚めた三四郎がぼんやりとした視界をゆっくりと現実社会へ向け、やがて焦点を合わせる過程を暗示している。

熊本という田舎から、遅れて都会にやってきた三四郎は、自分の気付かぬうちに発展を遂げた都会の光景に眩暈を感じ、ぼやけた視界の中でフラフラと歩きはじめ、登場人物たちの間を行き来する。野々宮が光線の圧力を研究している穴倉を、始めて訪ねて、圧力を測る望遠鏡を覗いた三四郎は、こんな反応を示す。

やがて度盛が明るい中で動き出した。2が消えた。あとから3が出る。そのあとから4が出る。5が出る。とうとう10まで出た。すると度盛がまた逆に動き出した。10が消え、9が消え、8から7、7から6と順々に1まで来て留った。野々宮君は又「どうです」と云う。三四郎は驚いて、望遠鏡から眼を放してしまった。度盛の意味を聞く気にもならない。（二章）

このように望遠鏡の度盛りの回転にさえも眩暈をおこす三四郎は、激しく変動する東京の社会を描くことなど到底不可能な、頼りない視力の持ち主だといわざるを得ない。気付かぬうちに近代化された都会に足を踏み入れたため、ぼやけた視界の中で途方にくれるほかない三四郎の視点からでは、言葉を使って世界を記述することができない。言葉によって世界に意味を与え物語を綴るためには、別の視点が介入する必要がある。『三四郎』という小説が、当初、三四郎視点に徹しきれず、所々に語り手が露出してくるのはこのためだ。物語の最後まで翻弄されつづける美禰子を最初に眼にした場面でも、三四郎は、このややや世話好きな語り手の手を借りずにはおれない。

この時三四郎の受けた感じは只奇麗な色彩だと云う事であった。けれども田舎者だから、この色彩がどういう風に奇麗なのだか、口にも云えず、筆にも書けない。（二章）

自分の惹かれた相手を、明確に形容できずにいる三四郎を、メタレベルから見下ろすこの語り手は、取り立てて目立った摩擦も起こらない美禰子との三角関係を形作るもう一人の男、野々宮宗八を「野々宮君」と呼ぶ。しかし純粋な三四郎視点における文章の場合、彼は「野々宮さん」と表記される。当初は穴倉に籠って始終望遠鏡を覗いているばかりの野々宮であったが、物語の進行とともに、三四郎にとって美禰子をめぐる嫉妬の対象としても、学問の領域での優秀な先輩としても彼にとって脅威の存在となっていく。与次郎からは「その道の人なら、西洋人でもみんな」知っている日本では無名だが海外では評価の高い人物と評され、美禰子に「宗八さんの様な方は、我々の考えじゃ分りませんよ。ずっと高い所に居て、大きな事を考えていらっしゃるんだから」と言わしめる野々宮は、三四郎にとってはもちろん、もはや語り手にとっても単なる穴倉学者に留まらない。漱石は「野々宮君」から「野々宮さん」へ表記の仕方を変更することで、三四郎が東京の風景をしっかりと見つめることが出来るようになった成熟の過程を描くと同時に、語り手の存在を透明化し、読者と三四郎の距離を縮める手法を用いているのだ。

三四郎のぼやけた視界と野々宮の表記のされ方が、絶妙に絡まりあう場面がある。三四郎が野々宮から妹へ袷を届けてくれと頼まれ、初めてよし子の入院している病室の扉を開ける場面はこうだ。


「この中にいる人が、野々宮君の妹で、よし子と云う女である」

三四郎はこう思って立っていた。戸を開けて顔が見たくもあるし、見て失望するのが厭でもある。自分の頭の中に往来する女の顔は、どうも野々宮宗八さんに似ていないのだから困る。(三章、傍点引用者)

ここでは、まだぼんやりとした視界の中で、三四郎がまだよし子と美禰子の区別がつかず見分けることが不可能な状況を、「野々宮君」と口にする語り手の出現で表現し、また三四郎自身に「野々宮宗八さん」と口にさせることで、彼が主体性を持ちはじめることを描いている。境界線のはっきりしない、言葉で記述できない特殊な視力を持つ三四郎から見える世界を描いたためか、作品中にはいたるところに曖昧なイメージを持つ言葉が飛び交っている。

2、明暗の錯綜

『三四郎』のテクスト内には明るさと暗さ、光と影、白と黒、など光線や色彩のイメージの断片が到るところに氾濫しているのだが、これはそれらのもつ象徴的な意味を配置するという効果よりも、むしろ、その間を循環する運動として表れている。

十二章で与次郎に依頼されて広田先生を演芸会に誘い出す三四郎は、彼の口から希臘の劇場の話を聞くことになる。空気の通わない屋内での芝居に引っ張り出されることを広田はこのように拒む。

「僕は戸外が好い。暑くも寒くもない、奇麗な空の下で、美しい空気を呼吸して、美しい芝居が見たい。透明な空気の様な、純粋で単簡な芝居が出来そうなものだ」（十二章）

与次郎から「偉大なる暗闇」と評され、学問の世界においても影のようにひっそりと暮らしているかに見える広田の口から漏れる言葉は、意外にも「真昼間」に戸外で上演される芝居への憧れであった。しかし、そのセリフを口にする広田は「黒い廻套《まわし》を着て」出かけ、演芸会場へ着くと「先生は又暗い方へ向いて行っ」てしまう。広田だけではなく、『三四郎』の作中人物は単純に明／暗を象徴するイメージに留まらず、たえず明るさと暗さの間を行き来している。

「昼間のうちに、あんな準備《したく》をして置いて、夜になって、交通その他の活動が鈍くなる頃に、この静かな暗い穴倉で、望遠鏡の中から、あの眼玉の様なものを覗くのです。そうして光線の圧力を試験する」(二章)

野々宮は、与次郎に「野々宮さんは外国じゃ光ってるが、日本じゃ真暗だから」というセリフを口にさせる。また、初めて病院で目にしたよし子の姿は「顔も額も甚だ暗い」ように思えるのだが、「兄との応対を傍にいて聞いていると、広い日当《ひあたり》の好い畠へ出た様な心持がする」というように、単純な性格の陽気さ、暗さだけを表すだけでない光の明暗というものが、彼らにはついてまわる。

また「燦《さん》として春の如く盪《うご》いている」「花野の如く明かである」世界に住まい、奇麗な白い歯を覗かせることで三四郎を惹きつける美禰子も、単純に三四郎にとって眩しい、目も眩むような明るいイメージとして存在するというだけではない。はじめて彼の前に姿をあらわしたときは、美禰子自身が明るさに眼を眩ませているようである。

女はこの夕日に向いて立っていた。三四郎のしゃがんでいる低い陰から見ると岡の上は大変明るい。女の一人はまぼしいと見えて、団扇《うちわ》を額のところに翳《かざ》している。(二章)

そして、その直前、野々宮の穴倉へ降りて行った三四郎の方が逆に「世界が急に暗くなる。炎天で眼が眩んだ時の様であったが少時《しばらく》すると瞳が漸く落付いて、四辺《あたり》が見える様になった」という風に、眩しい女の姿に目が眩む三四郎という単純な構図ではなく、「白い歯」に象徴されるかに見えた美禰子の方がむしろ日の光を遮るため団扇を翳すという登場の仕方をするのである。

『三四郎』において、様々に変奏されるこの明暗のイメージは、冒頭の汽車の中で、空間的な距離（遠ざかる故郷／近づく東京）と時間的な距離（旧い田舎／新しい都会）の伸縮を巧みに表現する女の肌の色からすでに、ちりばめられている。

三四郎は九州から山陽線に移って、段々京大阪へ近付いてくるうちに、女の色が次第に白くなるので何時の間にか故郷を遠退《とおの》く様な憐れを感じていた。（一章）

この後、三四郎は一緒に乗り合わせた女に「あなたは余っ程度胸のない方ですね」と言われたため、「二十三年の弱点が一度に露見した様な心持」になる。三四郎に恐怖を与えるのが「新しい白い肌」の女であったならば、単純な二項対立としての肌の黒／白は象徴的な意味としてしか捉えることはできない。しかし実際には「何となく異性の味方を得た心持がした。この女の色は実際九州色であった」ような女に三四郎は恐怖を感じているのだ。

では美禰子の肌の色は何色なのか。美禰子には確かに白のイメージがついて回る。三四郎にはまず美禰子の穿いている「白い足袋の色」が眼につき、彼女は「左の手に白い小さな花を持って、それを嗅ぎながら」三四郎の方へ近づく。三四郎は、遠ざかる美禰子の「華やかな色の中に、白い薄を染抜いた帯が見える。頭にも真白な薔薇を一つ挿している。その薔薇が椎の木蔭の下の、黒い髪の中で際立って光っていた」後姿を「矛盾だ」と呟きながら見送ることになる。

ただし、ここでは美禰子の肌の色には一切言及されていない。美禰子が汽車の中での比喩的なイメージとしての白い肌を持っていたとしたら、三四郎は美禰子に強く惹かれることはなかったのかもしれない。

下駄を買おうと思って、下駄屋を覗き込んだら、白熱瓦斯《ガス》の下に、真白に塗り立てた娘が、石膏の化物の様に坐っていたので、急に厭になって已めた。それからうちへ帰る間、大学の池の端で逢った女の、顔の色ばかり考えていた。——その色は薄く餅を焦した様な狐色であった。そうして肌理《きめ》が非常に細かであった。三四郎は、女の色は、どうしてもあれでなくっては駄目だと断定した。（二章）

人の肌の色を私たちは通常「あの人は肌が白い」とか「真っ黒に焼いた」とかいうように表現するものだが、実際に私たちが絵の具の色のような白や黒い肌をしているわけではない。三四郎にとって美禰子は、常に具体的で固有な存在であったため、抽象的な白や黒の肌を持つ女性としては描かれないのだ。三四郎は、美禰子を「只奇麗な色彩だと」感じ、それを言葉によってどう美しいか表現することもできず、肌の色を「白」や「黒」という単語のもつ象徴的なイメージに還元することもできず、色彩を左右する光の測定も不可能な男である。

3、物理的な野々宮、心理的な三四郎

それに対して野々宮は、地下室で光の圧力を研究している男だ。三四郎のように望遠鏡に目を回すこともない。光の圧力を数字に置き換え計算可能な量に還元できるのである。光を量として増減を計るためには「意識が受け取る質的印象を、われわれの悟性がそれに与える量的解釈によって置換するのである」（注一）と述べるベルクソンは、光を測定するというとき、そこで問題となるのは物理的効果であって、心理的効果ではないと考えた。ベルクソンは、一定の距離に一本の蠟燭と紙を置いて照らし、その距離を二倍にした場合、同じ光の感覚を呼び起こすのには蠟燭の量を四本にしなければならない、という実験を例にあげて次のように述べる。

われわれは二つの感覚を比較したのだとは言えず、むしろわれわれは唯一の感覚を利用して、二つの異なった光源——一方の光源は他方の光源の四倍の強さだが二倍遠い位置にある——を比較したのだから。一言でいえば、物理学者は、互いに他の二倍であっ

たり三倍であったりするような諸々の感覚を介入させているのではなく、ただひとつの感覚を介入させて、これを二つの物理的量のあいだの媒介として役立てているのだ。そうなると、二つの物理量が互いに等しいものとみなされることもあるだろう。光覚はここで補助未知数の役割を演じている。数学者によって計算中に導入されはするが、最終的な結果からは姿を消してしまう補助未知数の役割を（注二）。

光の量を測定してしまうということは、単純に光覚で、その質的な差異を感じ取るということを拒絶することになってしまう。光が数字に置き換えられた途端、その瞬間感じ取られた色彩の印象は押しやられ、姿を消してしまう。野々宮と三四郎の決定的な違いはここにある。三四郎が美禰子を見るとき、野々宮にとっては「補助未知数」に過ぎない、質的な差異を取り出す視線をただひたすら注いでいるのだ。

そうして、あの白い雲はみんな雪の粉《こ》で、下から見てあの位に動く以上は、颶風《ぐふう》以上の速度でなくてはならないと、この間野々宮さんから聞いた通りを教えた。美禰子は、「あらそう」と云いながら三四郎を見たが、
「雪じゃつまらないわね」と否定を許さぬ様な調子であった。（四章）

雲を見上げるのが好きな美禰子は、雲に物理的な側面から視線をあてることを許さない。

美禰子にとっての雲は「雪の粉」などに還元できるものではないのだ。彼女が空に浮かぶ雲を見上げるとき、それを切断し境界線を見出すことは無意味なことである。その美禰子と一緒に空を見上げることができるのは、野々宮ではなく三四郎だ。

> ただ単調に澄んでいたものの中に、色が幾通りも出来てきた。透き徹《とお》る藍の地が消える様に次第に薄くなる。その上に白い雲が鈍く重なりかかる。重なったものが溶けて流れ出す。何処で地が尽きて、何処で雲が始まるか分らない程に懶《ものう》い上を、心持黄な色がふうと一面にかかっている。
> 「空の色が濁りました」と美禰子が云った。（五章、傍点引用者）

この後二人の間で交わされるのは、作品中何度か顔を覗かせる、二人の生々しい肉声としてテクスト全体に響き渡るような特権的な言葉である。

4、二人の間に吊られる金銭と言葉

三四郎と美禰子の間で交わされる特権的な言葉は、批評や解釈の余地を与えない取替えのきかない言葉である。二人が接近しつぶやきあうとき、三四郎はただ美禰子の発した言葉を反復するのみである。先ほどの濁った空を見上げながら二人はこんな会話を交わす。

それから、その細くなったままの眼を静かに三四郎の方に向けた。そうして、

「大理石《マーブル》の様に見えるでしょう」と聞いた。三四郎は、

「ええ、大理石《マーブル》の様に見えます」と答えるより外はなかった。女はそれで黙った。（五章）

白とも黒ともつかないような、境界線の曖昧な大理石に例えられた「濁った空」を眺めるとき、そこに批評や解釈の差し挟まれる隙はない。美禰子は雲を切断することを拒絶すると同時に、自分自身の存在や、発した言葉を切り取って意味を与えられることをも拒んでいる。


「人魚《マーメイド》」

「人魚《マーメイド》」

頭を擦り付けた二人は同じ事をささやいた。（四章）

二人のつぶやき合うのは、ここでもまた人魚という、人とも魚ともいえない境界線のはっきりしない言葉である。美禰子が意味付けられることを回避する決定的な場面は、彼女が初めてあの「迷える子《ストレイ シープ》」というセリフを口にした印象的な場面にも、確実に表れている。

迷《ストレイ》える子《シープ》という言葉は解った様でもある。又解らない様でもある。解る解らないはこの言葉の意味よりも、寧ろこの言葉を使った女の意味である。三四郎はいたずらに女の顔を眺めて黙っていた。すると女は急に真面目になった。

「私そんなに生意気に見えますか」

その調子には弁解の心持がある。三四郎は意外の感に打たれた。今までは霧の中にいた。霧が晴れれば好いと思っていた。この言葉で霧が晴れた。明瞭な女が出て来た。晴れたのが恨めしい気がする。

三四郎は美禰子の態度を故《もと》の様な、――二人の頭の上に広がっている、澄むとも濁るとも片付かない空の様な、――意味のあるものにしたかった。（五章）

三四郎が彼女の意味を探り当てようとした途端、女は明瞭になりはしたが、三四郎はそれを後悔する。美禰子に焦点を合わせ輪郭を露にしては三四郎と美禰子に流れる霧のような濁った時間は形を変えてしまうのだ。

二人の間に流れる特殊な時間をつなぎとめる特権的な言葉が影を潜めてから、突如として浮上するのが借金話である。与次郎は小川のようで底が浅く、締まりがないという広田先生の話を聞いて、三四郎は自分が与次郎に二十円を貸していることが急に心配になるのだが、この借金は、単純に三四郎と与次郎との間でのみの貸借関係に収まらず、複数の人々の手に渡っている複雑な代物である。

広田や野々宮、よし子といった作中人物の間を縦横無尽に横断するこの奇妙な借金は、いつのまにか二十円から三十円へと金額を増し、最終的に三四郎と美禰子の間の宙に吊られている。銀行で美禰子の代理として受け取った三十円を「預かって置いて頂戴」と往来で言われたため、隠袋《かくし》に収め続ける他なかった三四郎は、気付かぬうちに二十円で足りたはずの借金を三十円に増やしてしまっている。美禰子の鮮やかな手腕によって、金銭までもが量的に増減することの無意味な対象として二人の間に漂うのだ。この単なる交換可能な金銭とは別の意味合いを帯びた借金が返却されるとき、二人の恋も終局を迎える。

5、絵画に流れる時間

特権的な言葉に代わって浮上した借金と同時に、作品中に突如として姿をあらわす男がいる。美禰子を「森の女」という絵画にしてしまう画家の原口である。三四郎と美禰子がはじめて出会った池の端での瞬間を、絵画に写しとるということ、それは借金の返却と共に終わりを告げる二人の恋をした時間を永遠に封じ込めることだ。

三四郎と美禰子に破局が訪れる直前の十一章で、三四郎は唐突に広田先生の口から彼が「生涯にたった一遍逢った女に、突然夢の中で再会したと云う小説染みた御話」を聞く。二十年ぶりに夢の中で再会した女は、当時のまま全く姿を変えていなかったという。

次に僕が、あなたはどうして、そう変らずにいるのかと聞くと、この顔の年、この服《な》装《り》の月、この髪の日が一番好きだから、こうしていると云う。それは何時の事かと聞くと、二十年前、あなたに御目にかかった時だという。それなら僕は何故こう年を取ったんだろうと、自分で不思議がると、女が、あなたは、その時よりも、もっと美しい方へ方へと御移りなさりたがるからだと教えてくれた。その時僕が女に、あなたは画だと云うと、女が僕に、あなたは詩だと云った（十一章）

この告白には、美禰子との別れを暗示させる影を落とす効果もあるのだろうが、それにしても「その時僕が女に、あなたは画だと云うと、女が僕に、あなたは詩だと云った」とはいったいどういうことなのか。

『草枕』の中で画工が思案し、『ラオコオン』に言及する場面がある。

鉛筆を置いて考えた。こんな抽象的な興趣を画にしようとするのが、抑《そもそ》も間違である。人間にそう変りはないから、多くの人のうちには屹度自分と同じ感興に触れたものがあって、この感興を何等の手段かで、永久化せんと試みたに相違ない。試みたとすればその手段は何だろう（注三）。

レッシングは、こう述べている。

並存する対象、あるいはその諸部分が並存するところの対象は物体と呼ばれる。したがって、目に見える諸性質をそなえた物体こそ絵画本来の対象である。

継起する対象、あるいはその諸部分が継起するところの対象は一般に行為と呼ばれる。したがって行為こそは、文学本来の対象である。

しかしあらゆる物体は、単に空間の中にのみ存在するのではなくて、また時間の中にも存在する。物体は持続する。そして、その持続のあらゆる瞬間においてちがった姿をあらわしたり、ちがった結びつきを見せたりすることができる。こうした瞬間的な姿や結びつきの一つ一つは、先行する行為の結果であり、継続する行為の原因となることができる。したがって、いわばある一つの行為の中心となることができる。（中略）

絵画は、その共存的な構図においては、行為のただ一つの瞬間しか利用することができない。したがって、先行するものと後続するものとが最も明白となるところの、最も含蓄ある瞬間を選ばなくてはならない（注四）。

この「最も含蓄ある瞬間」が池の端での最初の出会いのシーンであり、美禰子によってその瞬間が選択されているということは言うまでもない。「移り易い美しさを、移さずに据えて置く手段」として自らを絵画の中に閉じ込める決意をした美禰子は、はじめて三四郎とささやきあった瞬間にすでに画帖を開いていたのだ。

三四郎は詩の本をひねくり出した。美禰子は大きな画帖《がじよう》を膝の上に開いた。（四章）

二人の間に流れていた霧のような濁った時間は、彼らのささやきと、特殊な借金によって長い間宙を漂っていたのだが、美禰子がその手に三十円を受け取ってしまった途端、絵画に閉じ込められた一瞬（＝永遠）の夢の中にのみ流れ始めている。二人で大理石の様な濁った空を眺めたとき、三四郎は「安心して夢を見ている様な空模様だ」といった。濁った空に流れる時間は、光線と同様に単純に速度を計測できない、二人の間の固有なものである。三四郎に答えるように「動く様で、なかなか動きませんね」といって「美禰子は又遠くの雲を眺め出し」ていた。二人の間に流れる時間が、再び動き出すのは夢の中でのことかもしれない。

注（一）アンリ・ベルクソン『意識に直接与えられたものについての試論』ちくま学芸文庫、二〇〇二年。
（二）前掲。
（三）夏目漱石『草枕』新潮文庫、一九五〇年。
（四）レッシング『ラオコオン』岩波文庫、一九七〇年。

成城大学、最後の日

その後一年間、僕は非常勤講師として学部のゼミナールと大学院のゼミナールを受け持った。二〇〇三年度のことである。演習に参加した二年生も、その大半は三年生としてゼミナールに参加していた。僕は「ご祝儀点」を出すほど愚かではないが、半分の学生に八〇点以上の点を出した。学生たちが、それだけ力を付けていたのである。

二年生から演習に参加していた学生もゼミナールに残っているのだからと、もう一年の非常勤を頼まれたが、思うところがあって断った。大学では教員の異動は決して珍しいことではない。こういうことも経験の一つとして、学生たちにもしっかり自立してほしいと思ったのだ。それだけの教育はしてきたという自負もあった。それに、幸いなことに僕よりもはるかに優れた非常勤の先生が決まった。彼らの最後の一年に不安はなかった。三四郎のように「迷《ストレイ》羊《シープ》」になることはないだろう。

一月の下旬には、彼らの一年上のゼミ生たちの卒業論文の試問と、大学院生の修士論文の試問にも、非常勤講師として同席した。例の長島健次も、試問で元気に答えていた。

「じゃぁ君はこれで終わるから、控室で待ってる人に声をかけてね。」

「はい、かしこまりました。」

これで、どっと笑いが起きた。

「かしこまりましたって、君。ここは職場じゃないんだから、過剰適応だよ。」

今度は彼の職場で、成城大学の卒業生としてのアイデンティティを感じ続けてほしいと、願わずにいられなかった。

三月二三日は成城大学の卒業式の日だ。卒業式自体は五〇周年記念講堂でとり行われるが、成城大学ではその後それぞれの学科が各教室に別れてから、ゼミナールの教員が一人一人に卒業証書を手渡す。その時に石原ゼミだけゼミナールの教員がいないのでは、学生が淋しいだろうと思った。僕は国文学科の主任に、非常勤であるにもかかわらず、その教室に参加させてもらうように頼んだ。異例のことだったが、主任は快く許可してくれた。おかげで、僕は石原ゼミの学生たちと最後の別れをすることができた。

国文学科の研究室で感慨に耽っている僕を学生たちが誘いに来て、昼食を一緒にとることになった。最後の一年を僕と過ごすことのできない三年生を励まし、支えてくれた心優しい学生たちだ。彼らもたいていは進路が決まって、社会に出ていく。中には、大学院に進学する学生もいる。成城大学にはもう僕はいないから、近代文学の優秀なスタッフがそろっている日本大学文理学部国文学科の大学院に進学を決めたのである。

午後からは大学院修士課程学位授与式も遠くから見届けて、一人成城大学の正門に向かった。正門脇の図書館の向かいに守衛所がある。すると、そこからこういう声が聞こえて来たのだ。

「先生、長い間ご苦労様でした！」

僕は周りを見回した。しかし、そこに教師は僕しかいなかった。空耳ではないかとも思ったが、守衛さんを見ると、一歩前に出て、帽子を取って僕に深々と頭を下げている。

僕は成城大学に専任教員として一〇年勤めていた。なるほど、教職員の顔と名前を覚えるのは守衛さんの大切な仕事だ。学園全体を合わせても教職員が四百数十名しかいない成城学園では、それが可能だったのだろう。しかし、いま僕は非常勤講師の身だ。それよりも何よりも、どうして今日が僕の成城大学での最後の日だと知っていたのだろう。学生に別れを告げるために、卒業式の日にわざわざ来たことをどうして知っていたのだろう。それが不思議だった。だから、僕は一瞬何が起こったのかわからなかった。

でも、すぐに思った。そうなのだ。成城学園はそういう学園なのだ。だから、僕もお辞儀を返して、ゆっくり正門を出た。道路を渡って銀杏並木にさしかかったところで、一度だけ振り返って、僕の成城学園をこの目に焼き付けておこうと前から決めていたのだが、もう振り返ることができなかった。

あとがき

「マジ!?」、「マゾ!?」——僕のゼミナールを希望する学生は、他の学生からこう言われるらしい。成城大学の学生は、そう言っていた。それは、いま勤めている早稲田大学でも変わらない。「マゾ」かどうかは知らないが、たぶん「マジ」だと思う。ビシビシ鍛えてもらいたいと思っている学生は、どこにでもいるものだ。はじめはやむなく「鬼教師」になったのだが、「鬼教師」になってみると、学生が伸びる手応えがはっきりわかるようになった。それが「成長」と呼べるものかどうかは学生自身が決めることだが、それでもこの手応えがある限りは止められない。もし「鬼教師」を止めれば、僕自身が手抜きをしているような感覚に苛まれると思う。

「鬼教師」を続けることは、体力的にも精神的にもきつい。レポートを添削してアドバイスを書く作業を授業ごとに年間数回繰り返すのだから、コスト・パフォーマンスが悪いこと甚だしい。前期、後期の学期末にはそれぞれに試験の採点も加わる。根を詰めてやっても最低一週間はかかる。それでも、これが最良の方法だと思っている。「知的な文章が書けない大学卒業生」では、洒落にならないではないか。少し意地になっているところもあるかもしれないが、これができなくなったら引退かなとも思っている。それから、学生との飲み会でいっしょに騒いだり、乗れなくなったりしたら、やっぱり辞め時かな。

現在、大学を取り巻く状況はどんどん悪くなっている。教育は斜陽産業なのだから仕方のない面もあるが、「外部資金の獲得」とか、「政府の審議会の委員になること」とか、はては「マスコミでの知名度」まで教員の評価基準にしているようなところがある。要するに、目に見えるものしか評価しないのだ。その意味で、教育上の地道な努力はほとんど評価されない。こういう状況が、誰を最も犠牲にするかは火を見るよりも明らかだ。もっと落ち着いて教育ができる環境がほしいと思う。教育ができない大学は「大学」とは言えないだろう。

それなのに、授業にほとんど出席しなかった学生が「何とか単位を下さい」などと言ってきたりすると、本当に泣きたくなるほど悲しくなる。百人単位の講義科目に限られた話だが、そういう学生が現に毎年何名かいるのだ。もちろん単位は出さないけれども、激しい怒りとともに、深い絶望感にとらわれる。こんな学生ばかりになったら、そこはもう「大学」ではないだろう。

一方で、「鬼教師」が傷つけた学生も少なくはないと思う。どんなやり方にもリスクはある。それは、僕が両肩でキッチリと背負っていかなければならないことだ。

実は、この原稿は一年ほど前にもうできあがっていた。しかしこういうことを書くのは、辞めた成城大学の学生に対しても、いま勤めている早稲田大学の学生に対しても失礼かもしれないと思って、半年ばかり原稿を寝かせていたのだ。そのうちに、僕自身のけじめのためにも是非出しておかなければならない本だという気持ちになってきた。そこで、思い切って出版することにしたのだ。

それに、僕が採用している「テクスト論」という立場を学生がどういう風に身に付けるのか、それを知ってもらいたいとも思った。テクスト論は「作者」に関するデータを使わない。その不自由さが、学生のテクストの読みに様々な工夫をさせ、さらには方法意識を育むのである。ちょうど中学入試の算数が、方程式を使えばあっさり解ける問題をあえて方程式を使わせずに解かせることで子供の頭を鍛え上げているように、である。テクスト論は、大学生の頭を鍛えるのにはかなり優れた立場だと感じている。創造力は不自由さから生まれるという逆説を、僕は信じている。たとえば、手を使うことを禁じたサッカーが足の芸術を生み出したように。

この本は、学芸編集部の庄司一郎さんが担当してくださった。注文が多い上に、なかなかユニークな人材で、新しい経験をさせて貰った。僕の我が儘でご苦労をおかけしたのも事実で、感謝したいと思う。

二〇〇六年二月

石原千秋

新潮選書

学生《がくせい》と読《よ》む『三四郎《さんしろう》』

著　者……………石原千秋《いしはらちあき》

発　行……………2006年3月15日
5　刷……………2012年4月10日

発行者……………佐藤隆信
発行所……………株式会社新潮社
〒162-8711 東京都新宿区矢来町71
電話　編集部 03-3266-5411
　　　読者係 03-3266-5111
http://www.shinchosha.co.jp
印刷所……………錦明印刷株式会社
製本所……………株式会社植木製本所

ISBN978-4-10-603561-6 C0395